U0087161

古卷之狼女

ENGRAVING OF MY HEART

月輪——著

Content

目次

「你就是我的心。」

第一章

傳說我們每個人的心都連著天上的一顆星，心死了，那顆星就會熄滅。

在很久很久以前一個月圓的晚上，一道亮逾閃電的強光，倏地轟落泰山之頂。此地正是天下狼族中靈性最高壽命最長戰鬥力最強的雔敖狼狼群的聚居地，牠們只在這裏落地生根。雔敖狼目前全族數目不過百隻。牠們被這道忽如其來的強光吸引，成群而至跑向強光著地之處，該處躺著一個女娃娃，正嚎啕大哭。狼群對她心生憐愛，狼王決定視她如狼崽悉心撫養。長大後，這個女娃娃成為了雔敖狼族的公主。

成化十三年

「亂天之經，逆物之情，修練至極，玄天必成」；此乃武林秘籍《亂天之經》的開首。

然而寫成這足以稱霸武林，甚至翻天覆地的神功的作者生平早已不詳。今人只知這秘籍經書大約是在元末明初時寫成，屹今已一百餘年，可在永樂年後期才被人發現。中原武林人士多數認為作者乃當時行跡極為隱秘的世外高人「無患子」。「無患子」是外人給他取的外號，而他真名為何無人知曉，關於他的傳奇事跡也沒有任何詳細記載，只有零星流言流傳於世。但有兩種有關他的說法流傳較廣，一說他其實不是凡人而是天神，寫下此秘籍是替天界帶來對人類的挑釁，看有沒有人類真能勝天；二說他原是天界的使者，和神龍等神族皆為好友，下凡後起了異心成為天界叛徒。因此他變成既有神力又有凡心的人，寫下《亂天之經》傳世是為人類開辟對抗天界的路。

奈何亂天之前，人先自亂，亂天之路其漫漫兮。

無論成書起因為何，這本秘籍一直被天下人視為危險又吸引的魔功，流傳至今一直沒有人練成當中所載的「亂天神功」。此書開首已點明修練「亂天神功」十分險要困難，修練時人會失控混亂，心如泥沼濁潭，待練成時才可撥亂反正，屆時心如明鏡清泉。它對練功者修為要求極高，內功深厚是必要條件，「忘情愛、絕是非、斷正邪、無人我」乃基本心訣。在到達最高等級前的章法全是極為兇惡的魔功，稍不定神便會傷及自己，隨時喪命。練功者在修練期間身心俱變，如魔鬼一樣可怕詭異，但當功力到達最高等級後則會具有如天神一樣的長生不老不死的能力，深不可測的內力及寬仁上善之心，成就玄天要訣。中間若敢動一絲放棄念頭，只會引火自焚。因此，雖然武林中不停有人嘗試奪取它甚至修練它，但還未出現真正練成神功的人。

當年被邪教中人稱為「阿修羅王」的修羅派掌門靛慄於其晚年獲得《亂天之經》全章，他欲修練此功卻失敗，最終被神功反噬而亡。自此這本秘籍就在中原武林的高手中流轉，卻沒有人能真正擁有它，更別論要修練成功。輾轉之間，《亂天之經》落入一名資質平庸的道士崔湛手上。據說他在一個人流浪修行期間，於練功失敗的一副屍首旁邊撿得此書。因有自知之明，他不打算修練此功，反想借它的名聲拉攏比自己厲害的人。

果不其然，此人的張揚吸引了江湖上專門偷取奇門秘籍的著名雙俠盜無日與極夜兩人的注意。就在二十八年前的夏天，崔湛深夜遭無日與極夜二人偷襲，被他們二人搶去《亂天之經》大部份的章節，只餘藏在其鞋底裏的兩篇殘章未失。其後他身負重傷逃亡，一直苦守著這兩篇殘章超過二十年，在臨死前才把殘章交到其徒弟李子龍手裏。

李子龍師承崔湛愛耀武揚威的性格，自恃手握武林秘籍《亂天之經》的一小部份殘章，竟欲干預朝政。他主動勾結朝中不少大臣，以小技倆騙取他們信任，令不諳武林實況的朝臣相信他擁有《亂天之經》全章，並訛稱能教他們控制人心的內功。及後他更起了弒君之心。他私自登萬歲山及視察內宮等行徑逐一遭錦衣衛揭發，最終於今年年初被就地正法。

即使李子龍已除，可是明憲宗在此事發生後變得大為緊張。他深怕若有江湖中人練成傳說中能掌控自然萬物的《亂天之經》，就能奪去自己的皇位。為此，他特意成立西廠，使其權力凌駕於東廠及錦衣衛之上，又任命寵信汪直為提督，全力追查《亂天之經》其餘部份的下落，並把其燒毀。而李子龍手中的《亂天之經》殘章則落入汪直手裏。自此，《亂天之經》成為東西廠及錦衣衛之間權鬥的關鍵，想爭奪《亂天之經》的人也不再只是武林中人。

然而實情是，《亂天之經》在被無日與極夜搶走後，輾轉間很多篇章早已零落四散。

景泰元年

無日與極夜從崔湛手上搶得《亂天之經》後才得知尚有兩章藏在他身上。於是他們決定先把

《亂天之經》分為上下兩部，無日取上半部，極夜拿下半部。二人深信要練成此神功不可急進，且必有竅門，故打算研究出竅門後才一同練功。無日比極夜更熱愛鑽研魔功秘籍，也更有天份，故他們分工合作，在無日閉關研讀秘籍期間，極夜就去找崔湛下落，望把餘下兩篇殘章弄到手上。

二人偷取《亂天之經》一事很快就在江湖上開始流傳，極夜為掩人耳目，就喬裝遮蓋著原本俊冷的外形，打扮成全身破舊骯髒的苦行僧的模樣。沿途有不少人見他狀甚潦倒而施捨他糧水食物。一天他小憩時，遇見一位容貌姣好的姑娘主動為他送上一碗水。他看了她一眼，不發一言，只是點頭答謝了她，她便轉身離開。其後他繼續上路，就在當晚卻遇下大雨而要在一間破廟過夜。沒想到在那兒，他竟重遇下午給他送水的那位女子，她在火堆前烘著手。他們對看了一眼，空氣飄蕩著尷尬。

「你想過來火堆這兒取暖嗎？」女子見他全身濕透卻佇著不動，主動先開口。

極夜點了點頭，坐到了她附近，卻始終保持著距離。因為自己身上的衣服不潔又怕顯得無禮，他不敢在她面前脫衣掠乾。

「不知大俠您高姓大名？」她輕聲問，聲音軟得化得像被雨打濕的春泥。

「我不是什麼大俠，我只是個苦行僧。」她總算引到他說話，是把粗糙猶如腳踏過碎石路的聲音。

「不說名字不打緊，奴家芳名鎖星。」她向他淺淺一笑。

他雖滿臉泥濘，但眼睛尖銳刺骨的光芒不減。他不回話只是定神地端詳她，她半畏半羞地別過頭。

雨於半夜下得更大，極夜默默地加著柴火，鎖星時不時偷看著他，可不敢再跟他搭話。過了一會兒，他見鎖星睡著了，就逕自挪到另一邊睡。到了早上醒來，雨已經停了，火堆也熄了，只是屋簷還在濕濕瀝瀝滴著水。他發現鎖星好像不見了，不自覺張望著四周。她大概是覺得自己奇怪，一早就走了。

他走到廟外，閉眼深呼吸了一下，雨後的空氣似是特別清新。當他慵慵懶懶地睜開雙眼時，便看見鎖星就站在他眼前，在他來不及給反應的那剎那，她就親上了他的嘴，恰如雨後的空氣化為一滴露水滴在他的嘴唇。不，不是一滴，比這洶湧，她把含在口中的一口水借這一吻傳了給他，他咕嘟吞下。他耳邊響起了一下清脆的鈴聲，有東西勾在了他腰間的刎血匕首上。而她的玉手緩緩掃過了他的頸，風的溫度從來沒曾這麼暖過。

她的嘴唇離開後，他猛地睜眼一瞧，她用他無法忘懷的笑靨向他無聲告別。他這才明白為她叫鎖星，她的眼睛鎖住了整片星空的光芒。

她在他的刎血匕首上掛上了一條項鍊，明顯她是想留這條伏線來日和他再見，他看到項鍊上有一塊彎月形的銀片，這微小卻亮眼的銀片就如蒼茫夜空中閃爍著的唯一一顆星星。有光的夜，就不再是極夜。

他把項鍊收起來，裝作若無其事地繼續他的追訪，然而他的方向不再只是向著那神出鬼沒的崔湛，而是還有那不時在腦海閃過的銀光。

事隔幾個月，那道神出鬼沒的光再次閃現。極夜在揚州重遇鎖星。二人四目交投，他本以為她會如之前一樣對他熱情，幽幽走過來給他一個吻，但她表現出不認識他的樣子，從他身邊逕直走過。他於是忍不住尾隨著她，跟到無人之際就趁機拉她入後巷質問。

「這項鍊，你還要嗎？」他掏出銀片項鍊。

鎖星嘴角輕揚，他把它留著，就代表他在意她。

「這是送你的。」她回。

「那方才為什麼要擺出一副不認識我的樣子？」他追問。

「我是怕數月已過，你已經忘了我。」她嘴角微垂，似是難過。遭她這樣一回，極夜瞬間覺得自己像個負心人一樣。

「像你這樣輕浮的女子，倒是挺難忘。」

「你不是說你是苦行僧嗎？我縱放蕩輕浮，也影響不了你。」

「我不是苦行僧，你也不是普通人。」他眼睛像利刀直刺她。

鎖星眼色一變，伸手想取他腰間的匕首，極夜迅速騰空後退護著自己的匕首，二人在雜物四散的後巷打了起來。原來鎖星的武功不在極夜之下，她的武功以拳法為主，出手快，判斷準，不帶猶豫嬌氣。極夜原想退讓幾分，但既然對方每下出手都不遺餘力，他只好不把她當女人看待。

比起想出招傷害對方，二人更似惺惺相惜的知音在過招交流。他們每一招都留有被拆解的線索，對方亦能駕輕就熟對應。外人根本不會知他們是第一次對招，反會覺得他們是認識很久，默契超然的搭擋。當局者當然也感受到這種近乎調情般的交手，眉來眼去之間，二人情意更濃，最後極夜依然能壓制著鎖星，順勢把她摟進懷中。

「有關輕浮的事，我該還你一遭。」她的吻為自己帶來多少撼動，他就雙倍奉還。

即使愛火燒得正盛，他們的心卻沒有鬆懈。他清楚她來結識自己的目的。這幾個月的時間，他早已摸清了她的底細。她是一名俠女，同時也暗中在替東廠辦事。東廠收到風聲知悉《亂天之經》落入了自己和無日手裏，由於無日在閉關，因此她就先找自己，望以美人計把《亂天之經》弄到手。她打從一開始就知道自己不是苦行僧。

「你想要的東西，我不會給你。」他明言。

「你確定？」她魅笑。她不擔心身份敗露，反正以極夜的能耐和辦事的效率，要查出自己是誰不難。他現在放過自己，就代表他真的喜歡自己。

「我確定。」

「我坦白告訴你，我對《亂天之經》沒有興趣。我替東廠做事，不過是想搏得他們信任，換我能入內調查東廠宦官弄權及把持朝政的內情，我希望有一天能親手毀掉東廠。我關心的是民生，我想為百姓除害，不想得到什麼秘籍。這是我想讓你上釣的真正原因。」鎖星說。

「我這算上釣了嗎？」他問。

「我想釣走你的心，而我用了自己的心作餌。」

「難怪我想咬著不放。」

「現在誰也離不開誰了，怎麼辦？」

「你肯跟我四處為家嗎？」

她點點頭。

「你願意陪我為民請命嗎？」

「願意。」

之後，鎖星帶他回到自己住的牡丹樓，她把他臉上胡意塗抹的泥濘擦淨。極夜有一張俊俏的臉孔，可以用鬼斧神工來形容，但他情願它長期被泥濘遮住。只要自己先把偏見和誤解抹在臉上，就不用在意他人的攻擊。

「這張臉，你怎麼捨得這樣對它？」他俊俏得令她羨慕。

「這張臉髒不髒在於看我的人的心髒不髒，心淨的人自然不覺得有問題。」

「我那時第一眼見你已經在想，你的眼底如此澄澈，映照著多少泥濘都蓋不住的乾淨。」她坐在他腿上，輕撫著他的臉，滿臉歡喜。

自和無日闖蕩江湖後，極夜就沒有以乾淨的臉龐示人，這是他自己的選擇。別人歌頌著無日的儒雅以及絕色時，他總心甘情願當陪襯。鎖星這樣一臉認真地稱讚他，反倒令他有種赤裸於人前的焦躁。不過，既然他愛上了她，他就願意捨去一切的遮掩。

看著眼前的他眼中閃過一絲孩子犯錯後的怯，她疼惜一笑。

「從今以後有我，你不用再怕世上的骯髒不堪。」她把垂在他眼前的一根髮撥到耳後，他一時之間覺得自己就如赤裸的一隻獸，既因裸露無地自容又不禁強悍起來。

他凝視她臉上泛起的緋紅，心裏早已按捺不住把她佔有的念頭，他一把把她舉起，陷入依依纏綿中。

極夜跟鎖星在一起後，寫了封信把此事告知自己在世上唯一的好兄弟和親人無日。他在信中說道，就算有了鎖星，他還是會繼續找崔湛，事成後會把完整的《亂天之經》下半章送還給他。之後就會與鎖星浪跡天涯，退隱江湖，不再做俠盜。

他說要退隱江湖。

極夜及無日的父母皆早逝，小時候為了求生，只好去當小偷。兩人因跟著同一個頭目混飯吃而成為朋友。二人性格迥異，無日溫文敏銳，外熱內冷，是個氣質像位富家公子的小偷；而極夜沈著寡言，外冷內熱，覺得把自己打扮得越骯髒越有安全感。他們在饑餓毒打中相共患難而成莫逆之交，因從小沒有父母的愛，令他們更珍惜這難能可貴的兄弟情。後來他們被江湖名盜鳳尾蝶看中他們的資質，拉著少年時的他們出走，不只給他們飯吃，還教他們武功。二人於是由朋友變成同門師兄弟，極夜及無日的名字也是在拜師鳳尾蝶後取的。鳳尾蝶是個愛收集各路門派的內功秘籍的武痴，修練難度越高越得他心，手法或搶或偷，又或不勞而獲，他會再從中找出各門內功能互通進步的可能。

因應著二人各自的性格特點，鳳尾蝶因材施教。無日成為動腦多於動手，內功深厚，善於分析卻不擅拳腳功夫的人。而極夜則相反，他武功靈敏多變，做事果斷，觀察考慮卻不及無日仔細。故此，無日多是陪著鳳尾蝶，替他獻謀及鑽研偷得回來的秘籍，而極夜則以易容換裝之術出手搶奪秘籍回來。不過，最能發揮彼此強項的是當他們雙劍合璧時，故鳳尾蝶希望這兩名徒弟能在成就大業前一直能合作無間，不被外物所影響。

他們長大成人後漸漸在江湖打響名堂，武功之高，手法之準，令人嘖嘖稱奇。特別的是他們專愛偷被形容為邪門內功的秘籍，不少魔教門派的鎮派之寶都落在他們手裏。由於他們未曾偷過名門正派的內功心法，故人們叫他們做「俠盜」。不過事實是他們不屑於此，因鳳尾蝶研究名門正派的心得已夠多。他們在鳳尾蝶死前許過諾，會把他最生前想得到的《亂天之經》拿到手，再破解當中修練之道。在兌現諾言之前，二人不會娶妻、不會分家、不會退隱。

無日收到極夜的書信後，心中湧出莫名的擔憂。鎖星這女子的為人他不清楚，但已先入為主地對她不懷好感。師父的遺願現在只做了一半不到，極夜的心卻已遠去。然而，他從來不會知道極夜的行蹤，更不會干預他的決定。要是他有什麼不測，大不了自己去把《亂天之經》下半部找回來。

極夜常說無日的無情是深入骨子裏而隱於皮肉間，自己的冷漠則是深不過皮膚那層。很多人不敢接近極夜，反而願意討好無日，但真正有血有肉的人，其實是極夜。當初鳳尾蝶幫他取名無日，就是認為他形象看似比極夜友善，但實是極夜之後還可能切入一絲晨光，但太陽永遠進不了這小伙子的心。

世上最懂無日的人，或許就是鳳尾蝶和極夜。所以，他只需對這兩個人付出自身本已不多甚至稱得上十分貧乏的人性。鳳尾蝶死後，他在意的只餘下極夜一個人。

鎖星陪著極夜找崔湛下落期間有了身孕，加上東廠的人得知她與極夜相好後卻沒有交代《亂天之經》的下落，開始派人跟蹤他們。二人除擔心自身安危，更怕腹中孩子的性命不保，遂決定低調隱沒，待安全生下孩兒再作打算。他們沒敢再向任何人透露自己身在何方，而極夜每天幾乎寸步不離鎖星，怕東廠的人對她不利。

鎖星其後平安誕下一名男娃，但在她生育當晚卻遭遇百年難得一見的大雷雨，那場雨下了七天七夜才止。

在下暴雨的第七天，鎖星忽然陷入了昏迷，極夜大為著急。無論他用什麼方法喚她，她都沒有蘇醒。鎖星的心神意志在這一晚變得最為脆弱，因此在她懷孕初期被東廠線眼跟蹤時中的迷心術得以奏效。那時她其實知道自己被一名巫師跟蹤，兩人不小心對視時她便中了迷心術，可她知道這不會對自己造成太大影響而沒多理會。然而她沒想到這一晚自己算漏了一卦，鑄成無法挽回的大錯。

東廠一直想鎖星在勾引極夜得手後馬上拿了他的命，以保能得到《亂天之經》，可鎖星對極夜動了真情，也不是忠心向著東廠，因此根本下不了手。他們於是再派高手對她下蠱。此時在鎖星昏迷失去意識時，迷心術的毒開始發作。她睜開眼睛時，控制著她的心的人已不是她自己，而是另一個人。極夜看到她雙眼呆滯，木無表情，正想上前關心，她卻一手掐住他脖子，力度之猛把極夜嚇了一大跳。

「鎖星，你在幹什麼？」他勉強掙扎逃脫。

「我要殺了你！我要拿走《亂天之經》！」她窮追著他，無視屋內還有自己的初生孩子。

極夜見她神色不對勁，怕她傷害初生的孩兒，只好一掌擊退她，望她恢復意識。這反而令鎖星受到刺激，二人不得不打起來。

「鎖星，你怎麼了？你快醒醒，別傷害我們孩兒！」

「孩子？我怎會跟你這種人生孩子？」她失控大吼。

鎖星因體力稍遜於極夜，幾次差點受制服，但因極夜見她狀甚痛苦而心軟讓她掙脫。她趁他鬆懈時拔出他腰間的洌血匕首，狠狠地刺向他胸膛。極夜吐出一口血，可這怎也比不上心頭的劇痛。她為何會突然性情大變？這當中有何原因？這些是他到死都無法解開的疑問。

鎖星此時眼前一晃，淚水不知怎地就凝在眼眶，但耳邊叫她動手大開殺戒的魔音不絕於耳：「你要殺了他們！」。她在迷糊頭痛之間把匕首從他胸前拔出，然後拿著滴著血的匕首一邊流著淚一邊走向著那剛出生七天的孩兒。她一直在傷感抽泣，身體卻不聽她指揮。極夜見狀只得強忍最後一口氣衝過去護著自己和她的孩子，換來的是匕首第二下無情的刺傷。若他沒有捨命擋住，匕首就會刺中孩子的心臟。他一隻手攔在孩子身前，另一隻手在垂死時仍想去摸摸鎖星受驚失措的臉，但疼惜的手在半空之中撲了空。鎖星此時聽到屋外傳來一聲雷鳴，震得她腿一軟跪倒在了地上，那道她看不見的閃電轟在了她頭上。她終自迷心術中覺醒，襲來痛徹心扉之感。她醒了，可孩兒哭了，極夜斷氣了。

她手中的匕首跌落在地上，整個人在驚慌錯愕中湧出傷心欲絕的淚水。她親手殺了自己的夫君，還差點殺掉自己的孩子。這種大逆不道的事足以令她受盡世間三道的唾棄。沈重的後悔悲痛壓得她吭不出一聲。她無法面對眼前的恐佈，更沒有顏面照顧自己的孩子。他怎可被雙手沾滿父親鮮血的娘親撫養長大？而且最可悲的是她發覺自己無法給予他人一生最重要的東西。

她只能盡最後殘存的清醒意志設法保這孩子無恙，只要他能活下去，她丟了性命也無妨。她決定先匿名通知無日來救濟孩子。然後為了不讓東廠繼續追查自己的下落或擄走孩子作人質，她決定拿走極夜藏起來的《亂天之經》下半部。除了得把當中大部份交給東廠交差以求脫身，亦要騙他們自己已親手殺了極夜和孩子，只餘孑然一身。其餘的部份就想法散落給江湖不同人士，一來可分散東廠的注意，二來也不讓任何人能完整練到當中的內功。

她緊緊抱著極夜的屍首，恨不得立即與他同歸，但這只會令無辜的孩子陷入更大的慌亂。她看著初生孩兒一臉無知的樣子，心裏的傷痛愧疚無法言明。就算長大後他痛恨自己，也是合情合理。這勝過要他了解自己的苦衷，單純的恨比又愛又恨容易。她把銀片項鍊脫下掛到孩子頸上，吻了他一下，就跑出屋外。屋外的滂沱大雨都洗不清她身上的罪孽，雷電交加攝人，似乎代替上天咆哮，責怪這一位無能的母親。當鎖星哀痛對天大喊了一聲時，這場七天七夜的暴風雨，竟慢慢開始平靜下來。

無日收到匿名信件通知他極夜出了事，他立刻趕去信中提到的地點找極夜和他的孩子。既然信中沒有提到鎖星的去向，他就猜到寫信給自己的人大概就是鎖星。可他完全不知道出事那天到底發生了什麼，也不清楚為何她要狠心拋下稚子和極夜離開。

當他趕到屋內，就只看到極夜的屍首和搖籃中的孩子。他立刻先去查看極夜的屍首，極夜是被他自己的匕首刺死，以他視武器如命的性格，能搶到他匕首殺他的人，應該就是鎖星。這令無日陷入無解，是什麼原因令她動手？她不是愛他的嗎？還是她根本從一開始就佈署已久？望著這個曾經跟自己朝夕相對的好手足就此氣絕，無日眉頭不自覺一皺，但覺從此生命似是缺了一點東西。他蹲在極夜屍首身邊，久久未能動彈。這感覺雖是前所未有，但他知道自己的心裂了一道縫，此時有風襲進，縫隙微微讓他疼痛。他都差點忘了疼的滋味。

而其後無日把屋子翻找了一遍。因為沒有找到《亂天之經》下半章，無日更堅信鎖星根本沒有喜歡過極夜，她從一開始就只為騙他感情，好讓自己日後能搶走《亂天之經》，也因為如此，她才連自己的骨肉都不要。

無日這時才想到去看一眼熟睡中的孩子。他眉宇之間十分像極夜，這令無日對他不期然生了憐愛。他的小嘴巴應該是像那狠心的女人。照道理這孩子幾天沒人理沒喝奶，應該會很虛弱，但他似乎沒有任何異樣。孩子頸上的項鍊吸引了無日的注意，這是鎖星留下來的嗎？他輕輕抱起孩子一瞧，就感受到他一定非比尋常，雖然確實是如何的非比尋常，他還沒弄清。他湊近聽孩子的呼吸，一下一下平穩緩慢，當他探頭再聽，卻聽不到他有心跳。無日若有所思，爾後便下定決心要好好養大這個孩子。這不只是為了極夜，希望他的兒子可以繼承他的威武及能為他復仇，也是為了找出這孩子身上的秘密。他把自己的兄弟埋葬在屋子附近，還特意立了一個父子合葬的碑，以免有心之人覺得這孩子沒死。

「極夜，我會替你好好照顧這孩子。我就擅自替你做個主張，替他取名蒼龍。你一定會為他而驕傲的。至於《亂天之經》，我絕不會撒手不管，這可是師父的遺願。而你的那個女人……無論她是不是真的愛過你，今日她遺下如此可怖殘忍的局面和無辜的稚子，我是不會原諒她的。」無日臨走前在極夜墳前起誓道，之後他便帶著蒼龍離開。

第二章

成化十三年

李子龍被正法一事令東廠原本打算私下集齊《亂天之經》的計劃被打亂。當年鎖星自願給予東廠的《亂天之經》下半部很快被武林高手發現是殘缺不全的，為了逼她交出殘章，東廠一直派人追殺她。直到幾年後，被迫到末路的鎖星依然不肯說出自己把殘章給了什麼人，最後慘死在東廠手下。東廠在這二十多年間一直秘密追尋因鎖星而失散各地的下半部殘章，但此舉早引起錦衣衛的注意，奈何不知他們把殘章藏在何地，以致沒法指證東廠。故此，錦衣衛希望讓《亂天之經》在江湖分得更散以鉗制住東廠的野心。兩方勢力早在為此秘籍周旋不清，現在還有手握兩章並大權在手的西廠，整個局勢變得更加暖昧不明。

而李子龍落網的消息亦在江湖中傳開，大家又重新提起對《亂天之經》的興趣，有些人參一腳是為了抗衡朝廷對江湖的干預，有些人就為了得到錢和權力而想分一杯羹。反正這部秘籍已四分五散，加上修練難度很大，很少人是真正為了修練神功而蹚這趟渾水的。然而，無日仍是這少數中的一人。

無日一邊把蒼龍撫養長大，一邊留意著有關《亂天之經》的消息。東廠既然得到了大部份秘籍的下半部，那就代表鎖星是他們的人。他不急著把全章湊齊，因為他知道馬上湊齊了也沒用，自己根本無法練得成功。只要下半部一天未被一方勢力集齊，那他還不用出手。所以在這段時間，他的心思全放在培育蒼龍身上。

蒼龍是一個很好動的孩子，樣子長得比極夜更俊美，大概是混了他娘親長相的一些特點。他本性亦很善良，可無日不喜歡這份善良。蒼龍無心，照理說是沒法體現情感，卻有著善良的本性，這令無日百思不得其解。難道真的是「人之初，性本善」，本性可以與心靈相分？無日的冷漠在蒼龍身上似乎一點都不管用，無論無日如何教他看世態炎涼，總是澆不熄蒼龍的赤子之火。本來無日沒打算收任何徒弟，但蒼龍一次外出，回程在路上看到一個無家可歸的孤兒，他一見蒼龍就要跟著他走，蒼龍不忍，就逕自決定帶他回來。無日想趕這個小名叫阿奎的小孩走，但蒼龍竟跪在地上求他，無日看著蒼龍的眼睛，不禁想起極夜。這也讓無日想起以前自己當孤兒的時候，要不是有師父和極夜陪自己過日子，可能會變得更可憐。細想下，有個伴陪著總比孤單一人成長好，孤兒本身已經夠可憐了。於是他一時心軟答應收留阿奎，但也跟蒼龍說了下不為例。因阿奎比蒼龍小一歲，無日就讓他和蒼龍當師兄弟，他望著這兩個人，就自然而然想到童年時形影不離的自己和極夜。可謂是蒼龍讓無日體會到自己還存在著感情，縱然這感情比起常人依然算是非常內斂吝嗇。

蒼龍的體格強壯耐寒，一路長大一路練出一身線條勻稱的肌肉，力氣韌性皆一流，但和極夜一樣，他在練內功方面不算很有天份。相反，阿奎的悟性和靈敏程度都比蒼龍高。不過，無日還是在蒼龍十八歲時開始讓他練《亂天之經》，這引起阿奎不滿。隨著師徒二人價值漸行漸遠，阿奎在五年前離開了他和蒼龍，打算自立門戶。無日得悉後也沒多挽留他，反正從頭到尾他都沒真正在意過阿奎。

無日在蒼龍十八歲告知蒼龍修練《亂天之經》的內功的目的除了是為了圓他和其父親的心願，也是為父親報仇。無日從沒有提過極夜是被鎖星殺死，只對蒼龍說殺父之人是東廠的人，而蒼龍生母是誰，無日亦沒有透露半分。蒼龍對此事甚為在意，因此就算知道自己資質不夠，練功害自己吃很多苦，可仍咬實牙關苦練。為了記下此事，無日親自在他胸前紋下一條騰空中的青龍，望蒼龍的努力付出有日真能配得上自己的名字。

以蒼龍的進度，光要練全《亂天之經》上半部也要花一段時間。但問題是魔功漸漸侵蝕蒼龍的本性，因他天生無心，魔功直襲其原應由心控制的情感部份，不只開始抹去他本性，也開始反客為主控制他的情緒，增添了他的戾氣殘暴。蒼龍慢慢分裂成兩個人，魔性的他佔據了大部份時間，一個月只有在月圓時的一天，他才能恢復善良本性。魔性的他會主控著所有記憶，也會記得自己善良當天做了什麼，可恢復善良時的他卻一無所知自己魔性時的樣子或做過的事，只記得月圓當天做了什麼。

無日反而樂見蒼龍變成這個樣子，他甚至期望月圓永遠別出現。在江湖上行事，只有心狠手辣，才可不被人傷害。

隨著修練的內功在更上一層樓的同時越來越險要，蒼龍的性命也開始受到威脅，特別當善良的本性要浮現的前夕，魔性會試圖出全力抗衡，最後會令他大傷元氣。無日多番想替蒼龍完全抿滅善良一面都無果。為了不想他一直這樣受重傷，他就吩咐蒼龍到泰山之頂找在那兒聚居的讎敖狼，屠宰當中最老且最凶猛的那頭狼王，飲下牠的狼血，就可形成保護，防止魔功在體內釋放煞氣時對自身造成傷害。

「但你要小心，讎敖狼戰鬥力頑強，而且攻一等同攻百，牠們會一起對付你，必要時，就算是滅牠們的種族也要取到狼血。」無日囑咐。

「蒼龍遵命。」蒼龍的聲音低沈平靜，聽著無情卻讓人有一絲揪心。

而無日也希望蒼龍趁此行出山闖入江湖搶奪《亂天之經》下半章之列。時隔二十餘年，也是時候出手了。當朝廷開始明顯干預此事，他們的人就有機會把下半章全弄到手，並會千方百計毀滅它。若此事成真，蒼龍就要中斷練功，那到時就會必死無疑。

蒼龍聽從無日的吩咐，先出發到泰山，他希望在下一個月圓前趕到，以免自己善良一面會出現造成未知的影響。

讎敖狼只在晚間才會出動，且在幾千年來經歷了幾次近乎滅種的大屠殺後變得異常隱忍，要引牠們出來，就得用極為挑釁的行為。蒼龍腰纏父親的遺物刎血匕首，手執自己的武器馴龍鞭，霍地鞭地一聲，回聲傳往八方。讎敖狼接二連三發狂咆哮回應，忽遠忽近，此起彼伏，但仍然不見牠們的蹤影。蒼龍接連再運勁掃鞭幾下，馴龍鞭風能至百里之外，一隻躲著的小狼因此受了傷，發出嚎叫，牠的家人終按捺不住出動，因為饑敖狼族的族性就是全族生死同命，同氣連枝，於是整個饑敖狼族的狼也開始從各自的洞穴出來幫這一家人的忙。

蒼龍環視撲面而來的狼，發現沒有一隻是他的目標，但這不阻礙他的殺慾，只要有任何一隻阻擋了他，他就會殺。他的狠毒讓整座泰山的狼吼哀鳴此起彼落，這反令他殺慾更盛。而此時，在他左邊的狼忽然讓開了一條路，一名妙齡女子騎在一頭老狼身上向他奔來，身邊也伴著好幾隻身形較龐大的饑敖狼。女子梳著雙辮，頭髮是深啡色的，眼珠子是黑色的。她穿著亞麻色的露臍兜子，腹肌若隱若現，短褲露出她細長的腿。她正以無比兇狠倔強的眼神瞪著蒼龍，可以看得出她的輪廓實是溫柔可人的，只是眼神間的殺氣太重搶去了整張臉的鋒芒。可蒼龍倒是先被她騎著的那頭狼吸引了目光，牠就是最老的狼，饑敖狼的狼王，他要取的血就流在牠身上。蒼龍馬上對牠發起攻勢，可女子一吹口哨，狼群瞬間靠攏保護王。

饑敖狼好勇鬥狠的本性頃刻被激發，蒼龍全身被各種利爪割傷抓傷，其中有狼借機叼走他手中的馴龍鞭。可原始動物近身攻擊的強悍始終不敵人類心法內功的深遠可及，蒼龍一發《亂天之經》頭幾層的內功，身邊的狼很多立刻被震穿內臟而死，其餘都被震得退後幾尺外。狼女見來者不好對付，一聲能劃破蒼穹的厲聲怒喊下，狼群就乖乖退開。她自狼背跳下地，動作俐落，她人立在牠們跟前，示意自己一定會保護牠們。

狼女走到蒼龍眼前，赤手空拳和他對打，雖二人身高身形相差甚遠，但狼女的拳腳力度完全不遜普通男子，幾乎全身都是硬實的肌肉。蒼龍正準備向著她的心房出掌擊退她時，二人對視了一下，她眼神狠辣不改，奇怪的是蒼龍的掌力竟在空中瞬間完全瓦解，而且還回彈至令他有窒息之感。他在猜是不是她的內功正是精妙於眼神攻擊，所以決定避開她眼神，改用武器對付她。狼女無懼他轉換花招，壓低身體掃腿欲絆倒他，他閃躲後，她就趁機爬上他的背，從後用力勒住他的頸。她想，既然他的內功傷不了自己，她就可以自己的身軀替自己的狼同伴擋住此人的攻擊。

蒼龍捉住她的腳向左邊用力一甩，想把她甩到地上，她照樣使勁掛在他身上，手依舊頑固地纏住他不放，他再出力打她腹部，令她鬆手墮地。狼女在地上轉了個身再次鉗制住他，見他似是只向著狼王走去，就對牠示眼色要牠先走。牠是對她而言如父親的存在。老狼王意會到這男子的目標只是自己，就發號令要其他同伴趕快逃走。但牠們沒有先走，反而圍在牠身邊形成防禦。蒼龍沒有慈悲地拿著匕首先刺傷狼女的腹部，逼她放開自己，然後就再開始遇一頭狼割一頭狼，不消一陣子遍地便是狼屍。跪在地上摀住腹部的狼女和老狼王都大受刺激，老狼王一聲呼嘯衝到最前方擋住蒼龍不讓他再靠近，蒼龍趁機高舉匕首，在牠喉上割了一刀放血，泰山之頂傳出僥倖生存的狼群的悲鳴哀嚎，那是接近末日一樣直擊人心的哀叫。狼群湧上去想作最後掙扎合力咬死蒼龍，反一下子被急於飲血的蒼龍全數打傷，蒼龍撿起地上的馴龍鞭，運功用力一抽，世上再也聽不到鹺敖狼蒼厲的哭嚎。

可隨之是狼女嘶心裂肺的嘶吼，整個天地都忽然窒了息。蒼龍被她的叫聲所驚轉身看她，撲上去掐著她的頸想把她也殺了，就在揮刃之際，一念之間，血濺半空，她眼前就此一黑。

這明明未到月圓之夜，為何他會手軟？

反正她已失去了知覺，蒼龍顧不得方才到底是怎麼一回事。他先抱起幾十斤的老狼，把牠還新鮮溫熱的血一飲而盡，身體感受到略燙的暖意後，他定神看著遍地的狼屍，離開無日後屬於自己的第一場放肆殺戮，幹得挺漂亮的。然而任務已完成他卻未能提步瀟灑離開，好像總有股不能言喻的力量拉著他往回望。他盯著那躺在地上近乎野獸一樣的女人，思量半晌後決定帶走她。

蒼龍背著還未恢復知覺的她在泰山山腰找了一個山洞暫住。他想著既然留住了她的命，就不要浪費掉。在她身上確有正常人少見的原始獸性，好勇鬥狠，出手無畏無懼。反正找《亂天之經》的過程一定不簡單，自己閱歷武功都不足，練功時不時會突然因分裂的性格而受傷，難以自控，找多個人待在身邊當幫手也好。如果她不肯服從自己，自己武功在她之上，定有能力把她撕成兩半。

他隨便用爛布替她止住了喉嚨上傷口的血，就沒有再理會她。他向無日稟報了自己的情況，也等待著無日告知他下一步該去哪裏找《亂天之經》的下落。可有關狼女的事，他覺得沒必要特別向無日提起。

狼女再次睜開眼時，耳邊依然聽到老狼王死前的的哀嚎，牠像是在哭又像在求救。從自己有意識起，她就在鼈敖狼群中成長，喝的是狼奶，學的是狼的叫聲。誰是她親人，她完全不知道也不在乎。她不會說話，不認字，只會叫嚣，可她卻也聽得懂人在說什麼。基本上除了長得是個人，她所有習性和鼈敖狼差不多。然而，她又比狼聰穎一點，手腳靈活一點，指揮能力高一點，特別的是她聽覺非常發達，能及時讓牠們避開獵人的追捕。因此，她長大不久就成為牠們的小主人。老狼王對她既像父親又像老師，兩者關係最密切，當然其他狼對她也很好。對她而言，那裏就是她的家。

一場屠殺過後，她就只剩下自己。一種惡夢竄襲的寒慄嚇得她彈起身想大叫，卻發不出一點聲音。她感到喉嚨的位置劇痛，好像有塊破布壓在上面，除了痛，她連吞口水都有困難，奮力卡痰想出點聲，卻沒有用。她真的還活著嗎？

當她看到那個冷血的人走來，她才確定這不是夢。之前在黑夜中，她不大能看到他的臉。現在在洞內有光的環境之下，他一張冷俊卻帶半分童稚的臉顯得清清楚楚。她不明白他為何竟是如此殘暴不仁的人。細看之下，他的眼睛混濁饑渴，嘴唇結火乾燥，臉色籠罩著令人敬畏的冷酷，吞噬了他原本五官予人的純淨的印象。正是這個人親手割斷了自己的聲帶。她一想揮拳打他，就醒起自己的腹部有傷，一用力就泄氣。他臉色沒有一點變化，兩人在沈默之中相睨，可無聲之中她的咆哮他卻聽得比誰都清晰。

「你要是不甘狼群被滅，想替牠們復仇，就練好點功夫，直到有朝一日能打贏我，甚至殺掉我。」他知道她個性強硬，要她心甘情願做自己的幫手很難，但要她鍛練身體替狼群報仇卻不難。

他的聲音像一塊塊大石頭砸疼自己的腦袋。狼女憋著悶氣，不予回應。她的確很難打得過他，而且憑他內力之高居然能聽懂自己的心聲，她不禁恐懼他。

「你怕了嗎？現在你舉目無親，如果你肯聽我的話，我可以教你功夫，讓你青出於藍。」蒼龍再道，嘴角露出一抹邪魅。

她瞪著他。聽話？她怎麼可能聽他的話？她只會對養育自己的狼群忠心不二，這些可惡的人類，她絕不服從。

見她一臉不屑，蒼龍只好再進逼一下。

「你不想聽我話也行，我現在就送你去見你的同伴。但是，你就會連報仇的機會都沒有。」

他掏出匕首，架在她頸邊。

狼女緊握拳頭，她知道若現在草率還擊的話，根本沒有勝算。一百多條狼命的血仇未報，她壓抑住自己的衝動，表現出比野獸多幾分的自制。隨著自己漸漸調整呼吸，她決定鬆開拳頭，釋出手中不情不願的屈服。她必須變得更厲害，才能把對方擊倒。待這時機一到，她必定報仇血恨。蒼龍見她態度開始軟化，就挪開匕首。

「我會令你變得更強。」他盯著她說，用訓練寵物一樣的語氣跟她講話。

然後他掏出一條黑色的布，遮住她半張臉和頸上的傷口，只讓她露出雙眼。她不敢妄動，現在她只可選擇服從他。他不顧她身上的傷，要她馬上起來練功。他也告訴她自己接下來要去的地方，只要她協助他拿到《亂天之經》，他就會傳授她當中的內功。當然，所謂讓她練《亂天之經》是希望不必自己動手，她最終也會在過程中失去性命。

兩天過後到了月圓之夜，蒼龍沒有感到太大的不適，估計是狼血調節了魔功的衝突。他閉目入神到日落，睜眼時原本善良的性格已取而代之。這是善良的他第一次看到半張臉蒙著黑布的狼女。二人眼神對視，他眼中的枯槁像得到清水灌溉，重拾生機。她一如既往地警備著他，可似也能看出他眼神的微妙變化。儘管他不知她為何在此，為何要蒙著臉，但他似能看透她的心思，聽到她的聲音。她非常討厭自己，但他不討厭她，甚至覺得她一定要待在自己身邊。

他走近想詢問她事情，但她自覺地往後退，不想他接近。

「你為何蒙著臉？你是誰？」蒼龍的聲音低沈依舊，卻透露著驚慌和溫柔。

狼女一臉惘然，眉皺得更緊，他現在是在玩什麼把戲？扮認不出自己了？

「你能脫下臉上的黑布讓我瞧瞧嗎？」他聽得出她的疑惑，便把聲線壓得更溫柔地問。

由於不知他是不是故意試探自己的忠心，她只好聽話地脫下遮臉的黑布。他一眼盯到她頸上那道刀疤，眉頭一緊，他確信那傷是由自己的匕首造成的，卻不知原因。難怪她對自己如此戒備。看到她受到的傷，蒼龍此時被從未出現過的感覺包圍，被左胸膛蓋住的那個無底的洞忽然刮起了一陣涼風。

「是我弄傷你的？」他關切問。

狼女還是搞不清楚情況，他為什麼要明知故問？他像是變了一個人，令她無所適從。但下一秒，她想到說不定此時的他有機會變弱了，就打算先試著殺了他。她趁其不備出手一拳打他的胸口，他不明所以地遭拳風擊中逼得退後幾步，無奈之下只好還擊自保，他的身手還是跟魔性時的他無異，很快能制服住狼女，但明顯沒有用上狠勁，只是盤著她的手，不讓她亂動。

「對不起。我只是想搞明白你是怎麼受傷，你能解釋一下嗎？我……我叫蒼龍，我只曉得我現在的記憶只能撐一個晚上，到明天日出，我又會失憶，我……是不是做了傷害你的事？」蒼龍情急之下，只得道出自己聽上去可笑而確也無法說清的事實。

狼女一頭霧水，眼前這人到底怎麼回事，時而兇殘時而和善，她分不清哪個才是真實的他。但既然他武功依然在自己之上，她還是沒有能力直接動手殺掉他。她掙脫他的手，不禁失笑，心想他是不是瞎了？自己聲帶已被割斷，還能開口解釋什麼？

「沒關係的，你雖然說不了話，但我能聽得到你想說什麼。」蒼龍突然接話。

狼女吃了一驚，她之前一直存疑，可如今她能確定他真的能聽到自己在想什麼。

蒼龍依然直勾勾望著她。

狼女覺得他太可怕了，連讀心術都會，起了想趁他現在失常逃走的衝動。他現在這麼好應付，大概會放走她吧。可她一跑走，蒼龍就追了出去。因腹部傷口劇痛，狼女跑不快，不久就被他捉住。

「你腹部也有傷嗎？對不起我不知道，是不是弄痛你了？」他見她捂住腹部，表情痛苦，馬上放開她。而自己的眉心則隨著她的表情皺緊。

狼女開始相信此刻的他一定和前幾天的他有所不同，至於起因為何，變化為何，她還是沒有頭緒。她決定冒險帶他到前幾天他大開殺戒的地方，那裏遍地的狼屍還未處理。蒼龍露出驚慌失措的神情，恍如第一次見到這個畫面。是誰做出這麼殘暴的事？

是你。她仇視著他，心裏眼裏滿是怨氣。

蒼龍腦海沒有一絲記憶，他踏著被狼血淋過的土地，想不起自己怎樣幹出這樣的事。狼女走到老狼王的屍首旁，抱著牠跪地痛哭，一邊逕自回憶起幾天前的事，她一回想，這些片段就在蒼龍腦海一一浮現。明明殺戮的人是他，但又不是他。他似是能看見她腦海浮過的畫面，無可否認，傷害了她和殺害了這些狼群的人，確實是自己。

「我會在日出來臨前把牠們全部好好安葬，這是我的錯，是我欠你的。我沒有逃避的理由，但原諒我也無法向你解釋起因。」蒼龍走到她身邊安慰她，但狼女依然用不可置信的眼神隔離他。

他主動履行說了的話，狼女怕他把原是一家人的狼群分開下葬，就出手幫忙。直到半夜，才把全部狼屍入土，在埋葬老狼時，狼女不自覺想起自己在狼群中長大的日子，憶起牠如父親般的照顧，讓她再次潸然淚下。當他了解她成長的背景，知道她自出生無父無母不知從何而來的困惑時，也懂得她為何如此悲傷，懂她急欲復仇的心。然而，同一個念頭再次響起，他不想讓她離開自己。

「你先回去等我吧，太陽快升起了，我很快又不是我。我想去摘點藥草給你敷傷口。」

狼女不想離開，但若他說的是真的，到天亮時他又變成另一人，那麼本該安息的同伴又會受到打擾，她不願再負牠們，只好依依不捨動身。但她立誓，定會用蒼龍的血祭牠們在天之靈。這鐵誓當然也在蒼龍心中迴盪。

他趁日出前把熬好的藥草遞給她，讓她自己處理傷口，他的眼神卻不自覺跟隨著她。她覺得煩厭，就回頭要他不要注視著自己。他竟聽話地乖乖別過身去。她見他聽話得很，就再次提出趁天亮前要他放自己走的想法。沒想到這個蒼龍一口回絕，她唯有呶呶嘴作罷。蒼龍理解她想走的心情，可他沒辦法答應她這個要求。說不出為何，反正就是不可以，

伴隨著晨光而起的是蒼龍魔性的覺醒，昨晚葬狼和替她採藥的點滴隱約在腦海還有點印象，那軟弱的人又走了出來搞事。他一氣之下，把自己摘好的藥草全掃在地。狼女被他發脾氣的聲音吵醒，看到他又變回之前暴躁的樣子，大為警覺。

「把這黑布給我蒙上，別讓我瞧見你那惡心的疤痕。昨天你看到的所有事情都是假的，那個人是假的，什麼道歉什麼賠罪都是一個瘋子在胡說八道。你敢亂跑敢敷藥的話，我就用鞭子抽死你。」蒼龍大喝。

狼女愣一愣，為保命也只好先照做，以免飛來橫禍。反正那個反常的他只會出現一天，自己在餘下的幾十天都得對著這個暴躁無情的人。

隨後蒼龍要她跟自己練武功，確保她的身手能和自己匹敵。在密林中，蒼龍以靈活的身手穿插樹間隱身，要狼女專注憑聽覺判斷出他的位置作出追趕。這是狼女的強項，以前她亦是用聽覺聽獵人的位置。當蒼龍在陰暗處向她擲以匕首偷襲，她迅速用右手一把捉穩，當她眼神轉向他武器來襲的方位時，蒼龍已撲向自己，她彎腰閃躲，用手中匕首劃向他，蒼龍在空中捉住她的右手

翻了個跟頭，她轉身試圖掙脫，他扯著她的手進逼，同時向她右手施力，她面容扭曲，手遭壓得越來越低，他順勢奪去匕首，在她手腕上割了一刀。血漸漸湧出，但她沒時間顧及，他便再次向她襲擊，她揮手一擋順勢捉住他的手腕，蒼龍轉腕橫握匕首，架在她臉前逼近，狼女向後彎腰躲避，匕首在她眼前定住。她受了傷的右手也加入鉗制蒼龍不停使勁的手，蒼龍忽然運內功，震開了她的雙手，匕首隨之垂直懸在她眼球前，差半毫就能刺穿她眼睛。狼女驚得眨了一下眼，蒼龍轉腕移開匕首，一掌把她打在地上。

「要是江湖上的人跟你對招，下一秒就會馬上刺瞎你，你這點功夫要保命還差得遠呢。」他不滿道。

狼女和他搏鬥了一個下午早已體力透支，滿頭大汗，他對她的抱怨她完全聽不入耳，只想快點止住右手腕翻滾的血痕。她不過是個常人，受了傷會疼。無計可施之下她只好脫下臉上的黑布，用嘴撕下一角，把它包裹在傷口上。

他瞥了一眼正在專心處理傷口的她，再睨了眼她手上的傷痕，不知是什麼原因，這是他不敢面對的事。明明是他親手割的傷，可刀痕像是割在了自己身上一樣痛。他以為只要不直看她的眼睛就能對她爽快下手，但似乎不只於此。這女人身上到底有什麼秘密，能在不知不覺地制衡著自己的殘暴。

「這一點點傷算什麼？這樣就受不了嗎？快給我站起來繼續練功，沒我批准不准休息！」他把內心的困惑化為嘶吼。

狼女看向冷酷可恨的他，深抽了一口氣。她實在沒能力反抗他半句，為了早日替狼族報仇，她要變得更強。她見蒼龍在自己回望他時似在分神，就悄悄站了起身，趁他不為意時衝去搶了他手中的匕首。她再順勢繞到他身後，在他左背上劃了淺淺的一刀。狼女自覺終成功地傷了他一回，也算為自己出了一口氣，嘴角不自覺揚了起來。蒼龍被刺傷後才回過神來，轉頭瞪她時見她因傷到自己得意的笑，一瞬間竟沒了怒氣。他背上的傷口流出一行血，生命中似是有什麼缺口同時被她劃開了。他看她的眼神微微變了。二人對望著，狼女收起了笑容，蒼龍攤開手要她還回匕首，她只好乖乖就範。她以為他會再破口大罵自己，但他沒有。自己偷襲成功，估計他也知道誰理虧了。

為了擺脫無法直視狼女的這種感覺，他決定接下來對她更加苛刻，日以繼夜地操練她的體能。隨著弄得她滿身是傷，她的戰鬥力也越來越強。狼女自己也開始習慣漠視身上的傷口，無論痛或不痛，反正都沒人可憐，倒不如爭取時間把自己變成一個不會再受傷的人。只是漸漸開始重視她身上這些傷痛的人竟是他。

在接下來一個月對狼女的訓練期間，蒼龍收到無日的指示，除了稱讚他殺老狼王一事外，無日要他準備妥當後動身去找一個手握《亂天之經》殘章的人物，那人叫天狗。這名字對他而言不陌生。於是，除了在山上訓練狼女體能，他們間中會一起蒙臉下山到市集打探江湖風聲，順道買一些生活必需品。

第三章

「疼嗎？」他蹲在地上問趁自己練功時走到外頭草地上坐著放空的她。

狼女望著他一愣，接著她抬頭看天，今夜又是一個月圓夜。她猜到他大概是一到月圓夜就會變成另一個人，那個善良無知的人。她看了他一眼，從他的眼神和聲音，她能察覺到他轉變前後的差別。

他很不願意看到她滿身傷痕，自己像是能切實感受她身上的痛楚，可他卻怎也想不起在失去意識的時候自己對她做了些什麼，這種無助的感覺從未有過，而且還那麼強烈。

狼女覺得蒼龍的身體裏像住了一對性格迥異的雙胞胎，一個較強，一個較弱，而軟弱的一方對另一方所作所為沒有印象，但反之卻不然。她為怕主導的他蘇醒後會記仇，就搖頭說不痛。

「你是怕我怪你才說謊說不痛吧？你全身幾乎沒一處好肉的，我都沒給你敷藥嗎？」他像真的能讀心般。

狼女在弄懂他變成這樣的原因前都不想跟他交流太多，她逕自倒出手上容器中的涼水洗刷傷口，不搭理他。

「你能幫我一個忙嗎？」蒼龍一直對於散落不齊的記憶感到不安，他無法掌控月圓後至翌日日出後的自己，也不知會不會有一天連月圓都幫不了他逆轉本性。本來他覺得一切其實空白了也不算什麼，反正他的生活裏一直只有師父。可當他發現她走進自己生命後，他對未知的那個自己生了抗拒。他怕有一天會嚇走她，而她似是自己唯一的救贖。

狼女疑惑地看著他，他要她幫他？

「我變成現在這樣，和我修練的內功有關，但我真的不清楚自己在意識失控時做了什麼事或成了什麼人。我希望無論這些事多殘酷麻木，請你也盡量告訴我。我不知這樣有沒有作用，但或者能讓我有力量在其餘的日子恢復意識，不再當一個可怕無情的人。」

狼女猶豫不決，畢竟一個月只有一天能碰到這樣冷靜的他，其他時間她要跟一個蠻不講理的人相處，那個人還會知道自己對這個他做了什麼。當然，要是能讓他有多幾天做好人的日子最好，但最怕弄巧成拙，激怒暴戾的他，這看來稍為仁慈的一面就會完全消失不見。

「我懂你怕什麼，可只有你能幫我。我說不清為什麼，但我想留你在我身邊。請你不要離開我。」蒼龍如此輕柔的語氣反令狼女很不習慣，起了一身雞皮疙瘩。

她站起身打算離開，想理清一下思緒，而蒼龍一直跟隨著她。狼女一直沒接觸過好人，連人她都沒多碰過，碰到的都是想殺害狼族的獵人或眼前這個直接屠殺了整個狼族的人。在她認知中，人就是一種暴虐成性，沒有慈悲血性的動物。因此，她對當自己是寵物殘酷訓練的蒼龍反而只是單純的憎恨，並不吃驚，也沒有多餘的感情。但對著這溫柔客氣的蒼龍，她卻不知如何應對。如果不幫他，是不是顯得自己和自己討厭的人類一樣無情？她再轉念一想，如果她成功幫了他，讓他暴戾的一面從此消失，或者等同親手殺掉殘殺自己同伴的兇手。

為了試探此時的他是不是真的那麼隨和且值得幫忙，她停下腳步轉身看他，他也跟著停步。她忽然意識到這可能是唯一能直接殺掉他的機會。她衝上前搶走他腰間的匕首，他懂她的用意卻不敢動手傷她。她亮出刀刃指向他，他不敢動彈，只要求她把匕首還給自己。她見他此時無意防備，就鼓起勇氣提起匕首狠狠地向他心房一下刺了進去，如同當初他怎樣對待自己的狼同伴一樣。蒼龍和狼女的眉頭同時一緊。看到他胸前流出的血，她以為自己成功了，但他毫無異樣的臉色令她不知所措。這個人居然被刺中心臟也不怕，自己怎可能是他對手？而且匕首刺進去的一刻，她反而像遭電擊了一下。蒼龍沒有還手也沒有動氣，更沒有理會傷口在流血。他只是不敢跟她說自己無心，她這一擊於他只如皮外傷而已。

「這樣你肯相信我了嗎？」雖然不至於會死，但忽然中這麼深的刀傷還是會令他泄氣。能聽得出蒼龍的聲音稍為有點沒氣沒力。

狼女低頭歎了一口氣，像個做錯事的小孩，垂頭喪氣。現在仇未能報，今天過後那個他醒來，知道自己這樣傷他一定會把自己分屍的。她失望地把匕首放回鞘裏還給蒼龍，心裏七上八下。蒼龍聽到她的失落憂心，心情難過得比中刀更痛。她的擔心是對的，待魔性自己醒來後，不知會對她怎樣，而自己什麼都做不了。突然他有個很衝動大膽的想法。

「你要是想趁今日難得的機會殺了我，悉隨尊便，我答應你我不會還手。」

她當下就愣住了。她當然想報仇，只是她覺得眼前的蒼龍不是她要殺的人。明明是同一個人，但她能感覺到不一樣。狼女只見過眼前的他兩次，但他其實沒有騙過自己，自己這樣出手傷他反而過份了。她下意識地向他搖搖頭，不殺了。

蒼龍接著問她這一個月到底怎麼了，她思量半晌後決定把這一個月練武的事告知他。之後二人的關係明顯破冰，蒼龍也把握短暫的清醒時間把自己有記憶的一些事告訴了她。回到洞穴後他負著傷依然貼心地照顧她，為她塗藥，又替她擦淨臉龐。她臉上總是沾著些訓練時滾地吃土的泥垢，作為野人，她不似其他城裏村裏的姑娘，沒有打理自己容顏的習慣。基本上只有每天晚上洗一下身子就睡，早上起床後就重新梳個辮子，就要跟著自己出去訓練。所以當她像現在這樣靜靜坐著，稍為焦躁難為情地被他擦著臉，便露出少女含苞待放之態。他越看清她的輪廓，就覺得她越好看。而她亦從他看自己的眼神中，感受到能融化霜雪的暖意。兩人認識到如今，從未如此認真端詳過彼此，故對視不夠半刻後就因灼熱衝上眼波而閃縮各顧左右。

可能因為為剛才的事感到抱歉，雖他表現到無大礙，但狼女還是提議替他包紮傷口。他了解後主動脫下上衣，身上遍佈四周的舊傷疤無所遁形。她首先注意到他頸上那條長期戴著的彎月銀片項鍊，右手順勢扶起項鍊細看。

「這是我娘留給我的遺物，我師父說這是我的守護項鍊。但我娘是誰，現在去了哪裏，我都不知道。」蒼龍一臉無助。她心疼他的經歷，就用手輕輕地摸了摸他的臉，他的低落一下子就消失了。

她的注意力接著落在他胸前那條栩栩如生的龍紋身，還有她方才造成的傷口。她不自覺像被吸住定神注視著他的紋身，還忍不住出手輕輕地撫摸著它。她覺得這非常漂亮。

「小狼，你喜歡紋身的話，等到下一個月圓來時，我替你紋一個在身上。」他忍不住想喚她小狼。既然她沒有名字，他就替她取一個吧。他還緊緊捉住她摸著自己胸膛的手，眼神溢著溺愛，笑得非常純真溫暖。

狼女被他握住手時忽感羞澀而縮了手，別過頭不敢看他，蒼龍的身子也在發燙。他很確定只要她在自己身旁，他就有種被時光安撫的感覺，幸福得什麼疼痛不適都無礙了。可他也恍惚，或許這只是因狼王血的力量還在持續。

在旭日初昇時，蒼龍的雙眼再次變混濁。他從銅鏡反射中看到熟睡中的狼女，胸膛傷口餘痛未退，他亦一夜沒睡。他立刻替自己運功療傷，腦中憶起昨日的事，他忍不住震怒。她居然想置自己於死地還狠狠傷了自己。而那個自己居然有想借機消滅自己的念頭，事後還在和她卿卿我我。顯然，她是一個很大的威脅，引誘著善良的本性開始作出反抗。他能感受到另一面的自己正在掙扎，想打敗自己。他絕不能讓他得逞，而首先他要除去他叛變的誘因。

他走近她身邊，想先下手為強。有用的幫手還能再找，但他不可讓她壞了自己的大事。當他舉起匕首，想直插她心臟時，她忽然睜開了眼睛，被他的舉動嚇了一大跳。轟隆轟隆急蹦亂跳的心跳聲瞬時環繞在蒼龍耳邊，他一時之間分不清這是她的心跳聲，還是自己的心跳聲。

他居然再次對她下不了手，只能氣得扔掉匕首發泄並狂奔出洞外。他依然不敢相信這件事。

他苦思著原因，是不是因為自己善良一面對她動了情而影響了現在的自己？要真是如此就難搞了，修練《亂天之經》就是要斷情棄愛，萬一被這一步打亂節奏，後果將不堪設想。他一定要盡快消泯那軟弱無能的一面。既然自己對她下不了手，那就交由別人動手。他必須在下一個月圓前了結她的性命，必須！蒼龍稍為冷靜下來後就回去找狼女。

還沒從驚慌中鎮靜下來的狼女見他回來，嚇得蜷縮成一團，他那雙混濁的眼睛正直勾勾地瞪著她。她不敢回望，她也不敢想像他想怎樣。

「我們不久後就要下山找天狗，這段時間我們不能鬆懈，得加緊練功。到他在泰山山底經過時，我們就埋伏偷襲他。那也是個好機會驗證一下你的身手有沒有進步。」他忽然不懷好意一笑。

狼女點點頭示意明白。她已習慣以服從來減少這個他對自己動粗的機會，雖然像方才突來的禍她怎也躲不過。不過他應該暫時不會對自己下手吧。而且她還真的想通過跟這個天狗的人對戰，知道自己的能力是不是有所提升。

天狗是蒼龍少年時曾遇過的對手，二人年紀相若。那時師父無日除了讓他和自己的師弟阿奎對打，也曾帶他去異域和不同身懷絕技的人對決以取得實戰經驗。天狗較蒼龍的身形瘦削，善用回魂雙刀，回魂雙刀會死纏著投擲目標直到染上對方的血或撞到其他障礙物為止，攻擊力非常猛烈難防。中刀者會感到劇痛難當，飽受筋肉分離撕扯之感。蒼龍當時就曾捱過一刀，自問忍痛能力強的蒼龍也感到撕心裂肺的痛楚，幸好無日替他用上好金創藥治療，否則可能已痛得活不下去了。故此直到現在，蒼龍仍記憶猶新。目前天狗手握一章《亂天之經》，想前往京城投靠錦衣衛的勢力。蒼龍一直耿耿於懷自己曾經是天狗的手下敗將，但現在他無論內功或外力均已大有所進，便很有信心自己絕不會再輸給他。

蒼龍掌握天狗的行蹤路線後，就聯同狼女在山底河邊的一棵樹頂上埋伏。當天狗一經過，二人就從樹上躍下包抄著他。

「蒼龍？」天狗一眼認出他，這位手下敗將居然熬過了自己的回魂雙刀。

「好久不見。」蒼龍冷冷回道。

「怎麼了？你想來阻我去路？」

「我不在乎你要去哪裏，反正今天你會死在這裏。上次你給我的一刀，今天是時候雙倍還給你了。」蒼龍瞪著他。

「哼，你不過是我的手下敗將，還敢在這叫囂？喲，以為帶了個幫手有兩個人就能打贏我？我就讓你們一人捱一刀下黃泉。」

天狗一臉不可一世，隨即亮出回魂雙刀，各向著蒼龍和狼女直飛。二人閃到樹後，雙刀插在樹上。蒼龍甩出馴龍鞭拐走其中一把雙刀，甩往天狗的方向，回魂雙刀不認主人只認目標，故此天狗亦有可能受到傷害。當然天狗不會坐以待斃，早就練就方法把控著刀而不被砍傷，同時收回另一把刀。他和蒼龍的戰況膠著，過了幾招後就從陸地一路打到河水中，因雙刀的攻擊距離遠，蒼龍只可用馴龍鞭先防護對付，未找到時機近身搏擊。

天狗專注跟蒼龍對戰，漸漸忘了有狼女的存在，但她一直伺機待動，默默觀察著天狗的動向。她此時找到縫隙，趁天狗向蒼龍扔出其中一把回魂刀而蒼龍忙於揮鞭控制那把刀時，助跑加速躍到天狗背上摀住他雙眼逼他慌忙轉向。天狗因注意力被轉移，就盲目地亂衝上岸想擺脫她。狼女一邊用手指摳他的左眼，一邊勒緊他的頸。天狗立馬往後倒把她摔在地上，狼女臉上的黑布鬆脫了，天狗因惱怒壓住她身子一巴掌摑在她臉上。狼女依然掙扎著彈起身不停往他腰部掏東西，天狗盛怒難擋，左手直接叉住她的頸讓她不能動彈，再用膝蓋把她緊緊壓在地上，然後他將右手的那把回魂刀直插進她心房，狼女頃刻痛不欲生，張大著口奈何叫喊不出一滴聲音，臉漲紅得像要窒息般，接著就噴出一大口血。最後她無力攤倒在地上，整個臉上嘴邊都是鮮血。

目睹一切的蒼龍左胸此時也像受到回魂刀傷一樣在劇痛著，他不知緣由就出於本能地咆哮了一聲，似要替她把未能叫出口的痛楚宣泄出來。此刻他腦中只有想把天狗殺掉的念頭，他向天狗甩出方才自己用馴龍鞭纏著的回魂刀，回魂刀一下釘住了天狗的肩，蒼龍用力一拉，天狗被他強行拖到水邊，受到刀傷的天狗一臉痛苦。天狗捉住馴龍鞭尾拔出回魂刀，起身反擊，一腿把蒼龍摞倒，二人再次陷入苦戰。狼女雖然奄奄一息，但聽到打鬥聲時依然逼自己睜開眼睛，她看著二人僵持不下，為了得到蒼龍信任，她強忍劇痛用左手勉強撐起半邊身子，然後不顧會血濺四方用右手拔出插在自己心房的回魂刀，瞄準此時背向自己的天狗用盡最後一口氣的力量扔去，飛刀直中天狗後腦勺，加上馴龍鞭此時抽打在他身上給了他致命一擊，天狗馬上浴在血泊中回天無力。

蒼龍看著河邊奄奄一息重傷的狼女，那雙迷糊不清失去焦點的眼睛，一下子顧不得要找天狗身上的《亂天之經》，更顧不得自己的本意就是想她死，就想衝上去看她的情況。他衝到岸上跑到她面前，見她左手依然頑強撐著自己的身子，右手似是緊握著一些東西。狼女看他如此著急走過來，心想他定是為了天天念叨著的《亂天之經》。原來她在方才的混戰中，早就觀察到天狗腰間似有異樣，故冒險引他上岸，堅持伸手去掏去搶，就怕來不及搶到經書，過一會兒它會在水戰中沾濕化開，到時候蒼龍定會大怒。

她吃力地向他舉起自己握緊經書的右手，蒼龍打開她的手看才知道原來是《亂天之經》，那一章上已沾滿了她的血。當把千辛萬苦搶到手的《亂天之經》交到他手上，她就自覺功成身退，終放鬆意志暈厥在地上。蒼龍頓時焦急起來，手裏的經書先丟到一邊，連忙運功護著她心脈，耳邊再次響起清晰的心跳聲。他沒想到自己竟是這樣的反應。本想借他人之手殺掉她，以為自己會心滿意足再無後顧之憂，到頭來卻依然徒勞無功。他無法不救她，真的沒有辦法。甚至在這關頭他發現，她比《亂天之經》重要。

他很確定，她不只是對自己軟弱的一面有影響。她受傷，自己無論在什麼情況下亦會感到痛楚，不只是身體痛，那個本該載著心卻空空如也的洞穴也痛。那個腐爛空虛寄生著魔鬼的洞穴，這段時間迎來了另一種力量，忽然會痛會暖還會跳，於是才讓另一個自己有反抗的覺悟。他就算對她的傷疤視而不見，也只是治標不治本的方法。

但比起深究當中原因，無論如何他決定先集中精神救回她的命。因為他不清楚她要是真死了，會不會對自己有什麼驚人的影響。同時，她不顧生死地替自己搶來了《亂天之經》，也令他不得不動容。在情在理，他都不可不救她。

他一直守著她直到確保她暫時無生命危險，此時天色已黑。蒼龍背著昏迷的她一路走回二人暫住的洞穴裏，但中途因一整天體力內力透支便決定先在山腰的林中過一晚上。看著她一直昏迷不醒的樣子，他有種無法言喻的慌張，他死盯著她，連眨眼都不敢。

過了一陣子，狼女迷迷矇矇地恢復意識張開了眼睛，她沒想到自己還活著。她看到天上掛著的是半圓的月亮，心裏生了一種堅持——她無論如何都想有命熬到下一個月圓之夜。胸口的劇痛像是有千萬個人用釘子在敲打著同一位置，她面容扭曲並吃力地動了一動身體，全身神經就像給雷打了一下一樣。蒼龍見她有動靜馬上走過來查看。

她顧不得眼前來的是誰，此刻她只想喝水。

他馬上遞給她自己的水，她咕嚕咕嚕地喝著，喝完水後她吸了一口雖然會加劇傷口疼痛但不得不吸的大氣。她還想保住這條爛命。

「那章《亂天之經》收好了嗎？」她望著他真切地問，比起性命，她更怕自己的任務做不好，下場會比死難受。

他點點頭。她關心的竟是這個。

「可紙上應該沾了很多血，要是弄化了字，對不起。」狼女還在糾結於殘章是否無損，完全不知蒼龍的心思根本不在那裏。

空氣中忽然彌漫尷尬，狼女道歉後便不想跟這個他有眼神接觸，於是悄悄別過頭不理他。他卻還在一臉緊張地盯著她慘白的臉。

「難道你覺得流了這麼丁點血，捱了一刀就很痛嗎？我跟你說，回魂刀的痛我也捱過，這點痛比起接下來可能要承受的痛，真的是微不足道。」他先開口打破沈默，並用冷酷絕情的語言掩飾自己對她無法言語的憐惜。為何他能懂她，她卻不懂？

狼女覺得他的冷漠無情非常合理，於是用同一種方式回應他。

「我沒說我痛。」她冷冷瞥了他一眼，一臉平靜，把所有的痛強吞回去。

她怎會不痛？她的身體都在止不住地微抖。

「你剛才為什麼要那麼拼命？」蒼龍轉移話題。他就算明知道答案還是想問她。

狼女一時之間也陷入混亂，她不清楚當時如此奮不顧身為的是哪一個他？為了保命，她才拼命想完成眼前這個人給的任務，但當她張開眼，竟也想起另一個他。到底是自己開始依戀了善良可親的那個人，還是自己不知不覺被惡魔豢養馴化了？難道她竟對他建立了那份幾乎等於對狼同伴的忠誠？她苦思良久，自己之所以想到善良的他，大概是因為自己在善良的他的眼睛中看到想被救贖的渴求。最重要是她和他都有同一個敵人，就是想讓他魔性的一面消失。她的奮不顧身，為的絕不是眼前的這個人。她怎會放過他？她絕不會忘記同伴的慘死，她巴不得他現在就死。

蒼龍在她思索這些時，腦中閃過自己溫柔待她的零碎片段。她肯聽自己話，又或肯如斯拼命，很大原因是因為她想念月圓出現的自己。而這令他此時情緒更加複雜，他對另一個自己更生厭惡，厭惡中還有妒忌。他居然希望，她為的是自己，現在立於她眼前的自己。所以當他讀到她最後的意思是想現在的自己死時，他眼神變得極其險惡。

「你很想月圓那天快點來吧？」他冷笑。

狼女看見蒼龍的眼睛裏有種莫名的壓迫和扭曲，擔心他會想盡方法傷害那個他，讓他月圓時無法出現。若他這樣做，自己怕是會拼了命也要跟他同歸於盡。

「你別傷害他！」她的眼神也變了。為了他，她顧不得要跟這個他對峙。

蒼龍清楚她對另一個自己的緊張。如果他傷害了另一個自己，她就會視死如歸和自己同歸於盡，這就成了一個三角死結。她佇在中間，保護著那無能軟弱的自己，而自己確實暫時也找不到方法傷害她或不救她。

「別覺得自己有什麼了不起能左右我的決定，我愛殺誰就殺誰，任何人我都不會放過。我現在肯保你的賤命，不過是覺得你尚且有點屁用而已。下一次，我就由得你被亂刀砍死。」他看到她眼中因另一個自己而起的倔勁，只能粗暴回應。

狼女被他的話刺激一時急了眼，眼前頓時一黑，心氣不順吐了口血。蒼龍胸口跟著一悶，本欲立刻去扶她，卻因還在氣頭上，便鐵著臉強壓著自己的緊張等她先暈過去後再抱住她。他望著她那慘無血色的臉，臉色霎那間柔和了不少，然而眉心卻漸漸湊近。轉念間他想到她對自己的厭惡，又恨現在的自己居然連一個女人也殺不了。此時各種情緒交集在一起，他的眼中腦中，都是她。

他到現在都沒有告訴無日自己遇到了狼女，因為他從沒想到事情竟會變得複雜，看來，他是時候該找師父指點迷津。不過目前他還是要先安頓好她，讓她能養好傷。在天快亮時，他就繼續背著狼女回山洞。

之後兩人在洞裏雖因爭執的怒氣未消而不願作任何眼神交流，但蒼龍不像以往選擇對她的傷勢視若無睹。他有按時為她療傷敷藥，她沒特別反抗，只是堅持低著頭不跟他對視。面對著冷若冰霜的她，蒼龍表現克制忍讓，深怕泄露半點失控和多餘的在意關心。無論如何，自己不可過份關心她，這是犯了《亂天之經》的大忌，到時不用她出手，自己也必死無疑。

在她休息的時候，他就專心修練《亂天之經》，只是集中精神明顯比以前困難，因每次他都不禁想起狼女遭天狗一刀插進心房的畫面，而隨後他也會感到一陣窒息。一次狼女剛睡醒，看到正在練功的蒼龍表情有點難受，冷汗直冒，出於好心打算前去查看一下。蒼龍此時內息又在因憶起她受傷的畫面而掙扎不順，她一靠近他身邊，竟觸發到他立刻吐血。她大吃一驚卻不敢再走近，他睜開眼睛看到她在眼前，馬上目露凶光，她不明所以又深感不安，只能往後退。他喘著氣，生氣得想一掌打死她但又做不到，他的修練明顯已經受到影響了。他只想自己靜養，故此不想她在自己身邊走動。

「你給我滾出去！你在這亂跑代表你身上的傷已好得差不多了，那現在就給我出去跑十幾圈才回來。我隨時出來檢查你。」他站起身推著她出洞外，看來只有絕情才可自救。

狼女明明傷沒全好，臉色仍舊慘白傷口還是痛，卻不敢反抗他的話。誰知道他會不會像之前一樣突然就提匕首殺自己？外頭天色陰陰沈沈似要下雨，她也不敢走遠，就只好在附近的樹林跑步。

果不其然一陣子後天真的開始下雨了，狼女淋著雨跑，身體漸漸開始受不了就在一個角落裏蹲著，渴望雨能快點停。奈何這場雨卻越下越大，狼女感覺自己身體在發燙，眼前的景色漸漸模糊。

在洞中調整內息的蒼龍聽見外頭雷雨交加，他知道狼女在外頭未歸，原不欲理會，但隨著時間流逝她還未回來，他不得不思索自己該不該去找她。如果她在外頭遭遇不測死了，他會怎樣？想著想著，他還是撿了件蓑衣和披風出外找她，他在彼此經常練功的地方遍尋不獲，又忍不住憂心起來。找了一段時間後，他終於看到全身蜷縮著暈倒在地的狼女。他馬上跑去用披風把她裹著再一把抱起。中途她赫然醒來，見他竟抱著自己，眼神流露著害怕，身體也僵硬起來。他頃刻不知所措，明明是自己叫她出去，現在又跑出來找她，自相矛盾得讓人起疑。

「放我下來吧，我能自己走。」她以眼神告知他。被他抱著，她只覺得全身不自在，比要自己走還慘。

蒼龍只好順勢放下她，然後一直盯著她在前頭摀著胸口一步一步走回去，他只能緊緊在後頭跟著。雨漸漸弱了下來，她始終沒有回頭看過他一眼，直到捱到走回洞裏時，她才敢在躺臥休息的石上放鬆自己重重倒過頭暈睡去。

她的倔強堅持令他佩服，但也讓他透不過氣，她這樣隱忍，消耗的不只是自己的體力，更是他的心力。他深知讓她如此隱忍的原因，就是十幾天後會出現的另一個自己。明明他在和天狗一戰中受的傷不重，可卻因而感受到雙倍的痛和吃力，本該很快好的傷卻一直好不了。

接下來的十幾天，他沒有再要求她做出任何負荷不了的事。兩人有默契地保持著讓彼此舒適安全的距離，沒有再作交流。畢竟彼此都受了傷，都需要靜靜休息。

十幾天後，月圓之夜終於再臨。狼女的心卻患得患失，那個他還會出現嗎？當熟悉的身影走近自己，她不敢表現得太忘形，蒼龍也忽然停下了步伐，二人都似是有所忌憚。可當兩人對視時，他決定主動向前邁步把她一下緊緊摟住。雖然記不起詳細經過，但他知道她是為自己而受了重傷。而且，她一定是天天盼著月圓這晚快點來。

「小狼，對不起，我沒有好好守護你。」蒼龍心疼道。

聽到他的語氣轉變，狼女才放心舒一口氣。這個他抱著她時，她感到非常自然安心。

她用眼睛向他訴說著自己受傷的經過，說到動容處委屈得差點想落淚，他慢慢聽著，同樣眼紅得淚目凝眶。他忘了自己多久沒哭過了。可想到她為了一個月才能出現一次的無用的自己，差點丟了性命。他那個無底的空洞又刮起了一陣風雨。

「以後不要再這樣妄顧自己的性命了，我不能失去你。」他說。

蒼龍不忍再隱瞞她任何事，就直接告訴她自己是自從開始修練《亂天之經》起，性格就分裂成兩個人，而且要練就此功就不可動情，否則會沒命。

「話雖如此，我現在對你已動了情。另外一個我定會千方百計把我完全消滅，以免我的意志有一天反抗成功，成為大患。」蒼龍續向她表白心跡，事到如今也沒什麼好欺瞞的。

狼女聽到後大為緊張，而且對他突如其來的表白不知所措。她還沒確定自己對他的感情，她從沒對人類產生過感情，所以她不了解這會是什麼樣子。可是，她深知自己不想眼前的他出事，就問他有什麼方法可以放棄練《亂天之經》。蒼龍卻說沒有，若放棄練功就會有生命危險，而且他練功是為了圓父親的遺願和為他報仇，所以絕不能放棄。狼女覺得自己成了麻煩的開端，打算一走了之，這樣至少善良的他暫時不會有事。蒼龍卻一把捉住了她。

「不要走，我情願自己沒命都不願你離開我。那個人一直都想除掉我，不論你在不在也是一樣。小狼，你不懂你對我來說是多麼特殊的存在，我說不清楚，但我不能讓你走，絕不可以。我們再想方法，好嗎？相信我，我們一起先讓魔性一面消失，再看師父能否解救我。」他用誠懇無比的眼神求她。

狼女心亂如麻，不懂如何回應。蒼龍突然從腰間拿出一把匕首遞給她。

「這是我爹的刎血匕首，是他唯一留下給我，我非常珍而重之的物件。我一直隨身攜帶著，但現在我把這送給你，一來望你用此傍身保命，二來它就代表此時的我，會一直守在你身邊護你周全。」

狼女當然不敢收下，這禮物意義太重。

「你必須收下。」蒼龍見她猶豫不決，就把匕首直接繫在她腰間短褲上。

「對了，讓我看看你的傷。」他順勢把她肩上的吊帶拉下，她一半的胸脯露出，回魂刀的刀疤立刻刺痛著他眼睛，然而他也不自覺吞嚥了一口口水。

狼女一直習慣在狼群中赤身行走，沒有什麼為裸身羞恥的意念，但此時他的反應卻令她臉羞紅了起來，她只好默默低著頭不和他對視。

「痛嗎？」他問。

她不敢點頭，也無法搖頭，只是抿了抿嘴。

「一定很痛，連我都覺得難熬的痛，你是怎麼熬過來的？」

狼女抬頭望了他一眼，世上竟有人用如斯澄澈柔情的眼神看著自己。她以為世上最溫柔的眼神是當老狼王照看著自己時，可現在有人取代了牠，令她不禁心波蕩漾。

「對了，我上次答應了替你紋身，還記得嗎？」她抬頭入迷凝視自己的眼神令蒼龍像被一團烈火包圍著，他試圖轉移彼此的注意力。

她點點頭。

二人於是坐在石榻上，狼女脫去兜子，裸著背向著他。他決定要用這一世都洗不掉的痕跡向她認真表明心跡。他的墨針在她背上一落，她稍為感到刺痛，緊閉著雙眼捉住榻上唯一的薄被吸了口氣，蒼龍馬上緊張地縮回墨針。她轉臉示意他放心，他之後放輕了力道，狼女也慢慢她適應了這種感覺。蒼龍沒有替別人紋過身，他記得無日跟自己說過，紋身是一輩子的烙印，意義非凡。親手為一個人紋身，更是如許下不得食言的誓言。所以除了想把刎血匕首送她，他還想送她一樣一世難忘的禮物以證明自己的情意，紋身就是最好的禮物。此時此刻他身體內有一股力量定住他的心神，讓他能極其專注地為她畫著紋身。

過了一段時間，蒼龍刺好了紋身，便給了狼女一面銅鏡讓她拿著，自己則拿著另一面銅鏡，前後兩面銅鏡反射紋身給她過目。她左背上現在有一條和他胸前一樣的龍，而龍頭向著一個月圓。她不禁看得入神，這太迷人了。蒼龍盯著她的模樣也入了神，閃念間就從後環抱著她，情不自禁在她背上的紋身上吻了一下。

「我希望能一直以月圓時的這個狀態照顧你。你左背上的那條龍，是我，我會呵護著你的心，守著它一輩子。」

狼女深受感動，但仍混雜著對未知的惴惴不安。

我能在你身上紋一個紋身嗎？她也想表達自己的心意。

「當然可以。」他笑回。

狼女於是繞到他背後坐，左手搭著他的肩，右手開始在他左背同樣位置上下針，專注地、認真地一筆一劃刺刻著。她看見自己那次割傷他背部的那條淺淺的刀痕，伸手去摸了一摸，靈機一動決定讓它成為紋身一部份。蒼龍很期待她紋成的作品。而他正感受到前所未有的幸福。她不像只是在刻畫一個紋身，而是像在一筆一筆畫著自己心的形狀，填滿著所有的空洞。在她手上，一切從無到有，步步建構著那心洞裏的框架和盡頭，過程有點疼痛也有點滿足。他不知道心長成什麼樣子，但她畫了什麼，那大概就是什麼。他把她擱在自己肩上的手緩緩扶起緊握著，然後讓它繞著自己的腰。狼女不自覺甜笑了一下，放心地把頭靠倚在他背上，她的胸脯緊貼著他的背，右手繼續精細刻畫著自己對他的情意。他聽到她的呼吸心跳聲傳到了自己耳邊，近得似是能觸及，又似是屬於自己的一部份。他從沒聽過心跳聲，而現在左胸感覺到的一下又一下的低隆顯得極不真實。他知道這是她的心在跳，但他覺得自己的心也在跳。

「慢慢畫。」他深情道，只願時間停在此刻，不要再走下去了。

時間在無聲中醞釀出甜香，狼女畫好紋身後，用銅鏡反射他背上紋身的樣子給蒼龍過目。她畫了一隻繪聲繪影的雛敖狼在他左背，狼是她覺得世上最美好的動物，它們身上本性流淌著那股對同伴的忠誠，那腔無懼凶險的熱血，都是任何動物不能比擬的。

「你把自己畫了上去，那你就在我這裏一輩子抹不掉了。」他別過身正面向著她，燦笑得像個小孩，他在說「這裏」時，特地用手指了指自己心臟應該在的位置。他不敢告訴她自己無心，但這似已變得不再重要，她就像已成為了自己的心，有她在，自己就跟有心的人無異。

狼女滿意地莞爾，笑容像盛開著的一朵海棠花，她也希望自己能一直留在他心上。蒼龍情之所至，稍為用力把她壓倒在床塌上，她顯得有點震驚。兩人上半身赤裸相對，彼此呼吸聲在耳邊重而有力。他看著她的臉漸漸泛出嫣紅，他多想趁天亮前親吻她的嘴，讓自己記住這蜜一樣的甜意。可當兩人嘴唇靠近得只差一毫米就能相碰時，他看到她眼神中閃出的不情願，於是制止了自己。她把臉默默別去，雙眼凝淚，明明她的心跳已快得差點飛出來，臉龐紅得勝過千萬海棠花同開，但她還是無法把自己完全交給他。特別當她腦海忽爾想到等天一亮，摟住自己的會是自己最恨的人，那個他隨時會用刀刺死自己，她就完全清醒了。

他懂她的顧忌，只是也忍不住眉頭緊皺，百感交集。他巴不得此時有能力殺掉那魔性的自己。

「小狼，我懂你的擔憂，你對另一個我還是很排斥。不用覺得為難。我會努力變回一個完整善良的我，不再讓你擔驚受怕。你要相信我能做到。到時候，我就是你值得交託一生的人。」他深吻了她額頭一下，就轉身離去。

到天快亮時，他刻意讓自己坐得離狼女遠一點，希望自己所在之處不要太靠近。，他怕那惡魔一醒，她會成為最先受到傷害的人。

狼女在天亮前還在銅鏡前依依不捨地盯著自己背上的紋身，但為怕醒來的他突然闖進看到自己赤身露體，就趕著在日出前穿回兜子。現在支撐著她和魔性蒼龍走下去的是盼著每個月月亮快點圓的願望。

蒼龍醒了。他身上多了的紋身，她身上多了的紋身，還有他對她情不自禁膨脹的佔有欲望，都是他無法抹去的證據，也是他竟不想抹去的證據。他不把這當成是自己真的對狼女起了愛慕之情，他認為這只是自己在跟另一個自己較勁的戰爭。狼女成了一個獎品，誰能完全掌控這個身體，誰就可得到她。只要他戰勝了對方，那麼也可戰勝對她現存的顧忌，自己是因為無能的一面尚在，才殺不了狼女。比起坐以待斃，倒不如坦蕩對待狼女，越想逃避他就越容易輸。

她看到他向自己走來，就主動上前交還刎血匕首。那個他肯把這送給自己，不代表這個他肯。

「我送了出去的東西，不會要回來。」他盯著她木無表情的臉道。

狼女於是收回匕首。既然他沒有意見，她也樂於接收匕首。這匕首就像是他純潔的靈魂一樣，她要神聖地小心翼翼地守護著它。

「從今天開始，我就教你內功吧，每次只用硬橋硬馬的拳腳功夫是不足以在江湖上混的。」他說道。一開始想讓她練《亂天之經》是想讓她斃命，現已不可取。現在他叫她練內功，實是想令她胸口的刀傷在配合內功協調下能加快復原。

狼女接下來集中修練內功，身上的外傷漸漸癒合。她練的都是一些蒼龍教她的基本心法，而蒼龍繼續修練《亂天之經》。但一如上次一樣，他練《亂天之經》時行血不順，本該因狼血歇停的煞氣又在湧起，時有噪音在體內煩擾著他，要他放手，害他冒出一身大汗，好幾次更險些令自己再吐血。為免因此又弄傷自己，他決定暫時停練，一來想等待無日的回覆、二來好讓身體借機喘一口氣。

無日從蒼龍描述的狼女線索中推敲，她之所以能讓徒兒起錯覺只是因為她從嬰兒時期就喝雔敖狼的奶長大，故此血液中也有平伏安穩蒼龍心神的能力。目前蒼龍喝下了狼血，體內兩個自己都得到了喘息的空間，善良一面的感覺可能較之前被放大。而因為老狼王的血和狼女的血有感應，所以當她一流血或受傷，才會觸動到蒼龍的心緒。他強調以蒼龍無心一點，他根本不會動情，只要意志堅定，很快能消化這種依賴的幻覺，著他不要放棄練功。他同時囑咐蒼龍要捉緊時間把殘章從江湖中獨行的人士手中搶來，免得落入朝廷勢力之手。

蒼龍收到師父對狼女的分析後鎮靜了不少，自己可能真的想多了，只是在適應狼女對自己的影響前，他還是別讓她受傷為妙。然而他也在和時間比賽，故此在下一個月圓前，他決定帶著狼女下山入城到濟南打聽消息。不入虎穴，焉得虎子？

第四章

無日告訴蒼龍在泰安州裏有一間廢宅鄰近市集，是鳳尾蝶一個故友遺留下來的，可以讓蒼龍落腳。二人於是在那裏暫住下來，蒼龍時不時會出現在江湖人士愛聚集的牡丹樓打聽風聲，目前《亂天之經》是江湖最熱鬧的討論話題，很多人都愛搭話。

「聽說西廠正拉攏錦衣衛的人聯手對付東廠，畢竟有消息指東廠是目前手握最多章節的朝廷機關。」

「錦衣衛的人一向討厭汪直，他們有可能合作嗎？」

「誰知道，反正目前形勢大概是這樣分佈，汪直可是有皇上撐腰，他尾巴一擺，皇上下令抄了東廠的話，那麼東廠的殘章還是得上交朝廷啊。敵人的敵人就是朋友，錦衣衛當然有可能先跟西廠合作。」

「你猜東廠的人會這麼笨，把殘章放同一個地方嗎？」

「這我就不知道喇，東廠的聲勢早就不同往日，現在大多數人都跟西廠辦事。」

「也不知天狗的死是哪一派的人幹的，若他是跟錦衣衛辦事的人，那麼就可能是東廠派人去殺他的。」

「喂，你別忘了，武林中還有人堅持不想讓武功秘籍落入朝廷之手，認為《亂天之經》是百年難得一遇的寶典。說不定是他們出手，除掉向朝廷奉承獻媚的人。」

「也對，可是大家都清楚《亂天之經》很難練，就算全給了我怕也是無福消受。對了，這上半部應該還在那神偷無日之手吧？」

「我猜是吧，但他一向來無影去無蹤，二十幾年來都音訊全無，都不知是不是還活著。不過以他的能耐，或許真能找到練功的竅門。」

「如果他依然擁有完整的上半部，又知道怎麼練功的話，他可是塊大肥肉啊。誰能搶到他，必成最大贏家。」

「當然，皇上現在最怕就是已經打草驚蛇，愛武之人定會把下半部的殘章抄寫很多副本，不讓朝廷把之全數消毀。皇上劍指的其實是從沒有曝光流傳的上半部，上半部一被燒掉，世上很大可能就不會有人練成神功了。」

「可是無日消失這麼久，會不會已經練成上半部了？」

「哪有這麼容易？而且他要是成功了，必定迫不及待把下半部找齊吧，不會坐視不理的。」

「反正我們這些嘍囉還是別搞事情好了，這些錢我們也沒福氣賺，在這喝喝酒耍耍嘴皮子好了。」

蒼龍聽著各路人士的討論，覺得師父很快會成為朝廷重點追查的對象。不過他不擔心師父會被找到，反而怕自己行蹤敗露。他一定要盡可能從朝廷勢力手上奪取《亂天之經》，特別是和自己有不共戴天之仇的東廠。

蒼龍喝完最後一口酒，就離開牡丹樓，但他的出現早已吸引了在東廠辦事接近三十年的周力注意。周力是東廠的幾代資深元老，處事圓滑，專替東廠接洽武林中人，廠內地位高可官職不高，因為他早料到若名聲太響只會容易被槍打出頭鳥。他只要利，不要名，平日就跟江湖人士混在一起，不穿官服，所以不熟悉東廠內部運作的人不會注意到他。而蒼龍頸上那條項鍊對周力而言，是多麼似曾相識。

「你的意思是鎖星的兒子沒有死？」東廠副總管洪野葳一驚。

「當年我們在鎖星自首後有去搜過她跟極夜那間屋，裏面什麼人都沒有，連屍首都看不見，只看見附近一個合葬碑。」周力回道。

「你們馬上派人去翻翻那個墓碑，看是不是只有一副屍骨。」

「是。」

「要是她兒子沒死，那他身上絕對可能有一部份的秘籍。」

「提督，小的覺得事情不只如此。」

「怎麼說？」

「看那個男子長得這麼強壯，定是有人撫養他長大。如果鎖星和極夜都不在人世了，最有可能撫養他長大的人就是無日，我們要是把這小子捉到，說不定能引出無日，搶走上半部。」

洪野葳嘴角一揚，周力所言很有道理，現在沒有人知道無日躲在哪裏了，如果東廠能掌握先機有所動作，那汪直很快就會失勢。

「好，你們趕快跟蹤此人，得把他活捉回來。」

周力恭敬彎身退下。

與此同時，錦衣衛找到了天狗的屍首，確認他身上的鞭傷是來自馴龍長鞭，就派人加緊在市集巡邏，看兇手是否已來到城裏。蒼龍和狼女在市集上的出現，引起了他們的關注，因為蒼龍身上有馴龍長鞭。他們雖不知道蒼龍的確實身份，但堅信他們就是偷了天狗身上秘籍的人。

蒼龍對自己腹背受敵的情況全然不知，反倒是狼女總是覺得有人在暗中看著他們一舉一動。而令事情雪上加霜的是快要來臨的月圓夜。

這一天的雨從早上下到傍晚都沒停，天上的密雲完全遮敝住月光。狼女正在房間睡覺，聽到一聲雷響後驚醒，院子裏傳出了蒼龍的大吼聲。她趕去查看，抬頭漫天雲煙不見月，蒼龍蹲在雨中摀住自己的頭，狀甚痛苦。

「你放我出去見小狼，你放我出去！」他正在和另一個自己對話，看來因為天氣的緣故，善良的蒼龍無法完全掙脫出現。

「不可能，你休想！」魔性蒼龍壓低聲音回應，這是二人第一次同時出現交鋒。以往若月圓夜適逢是雨天，月光照射不了，善良一面根本無法出現，但現在他頑強的意志令他得以和從沒直視過的魔性自己碰面。

「我一個月只有一天能見她，你阻止不了我。」

「你要是有能耐，就不用弄成這個樣子。你就是個阻我成功的廢物，我就趁今天殺死你好了。」

狼女看著兩個他在身體裏分裂，不知何故能聽見他們腦海中的對話，十分擔心善良的一面會因此被殺，就衝上去希望召喚得到善良的他。

「小狼！別過來。」他看著她走近，怕自己控制不住魔性一面，會誤傷她。

「我不會讓你得逞的，我會讓你一世都見不到她。」低沈的聲音想著趁現在天助他也，欲把狼女和無能一面一併除去。他不相信他真的殺不了她。

他衝上去以右手用力掐住狼女的頸，把她整個舉起欲置她於死地。

「你快放開她！」另一把聲音在掙扎，但魔性的他能控制身體且用另一隻手掐住自己的頸逼善良的自己閉嘴，也無意放開掐住狼女的手。

狼女捉住蒼龍的手想把它甩掉，但徒勞無功，她感到自己快要呼吸不了。

「小狼，快拿出匕首殺了我們，既然我壓制不了他，我就和他一起死吧。你快動手，沒時間了。」善良蒼龍怕狼女會死去，就要求她先發制人。

狼女拼命搖頭，她做不到，她要殺的是殘暴的他，不是善良的他。但她靈機一動，拿出腰間匕首割傷蒼龍手腕，逼他鬆手。

「你休想和我同歸於盡！」蒼龍跪在地上忽然咆哮發力，身旁圍著一團光，令狼女無法靠近。

狼女緊張地哭了出來，看著她受驚的樣子，善良的蒼龍再也忍無可忍，也不理這樣會造成多重的內傷，強行撕裂這身體的內息口，務求讓兩個自己同時昏迷。他吐出一大口血後，兩把聲音同時安靜，接著蒼龍就昏倒在地上。狼女大驚，衝前抱起他，雨隨著她翻湧的眼淚越下越大。她多想能發出聲音叫醒他。她一邊默念著要他別死，一邊把他抱回房間。她內功不好，幫不了他治內傷，只能包紮他手上的傷，替他擦去滿臉的汗和血。她湊近聽他的呼吸和心跳，確保他還生存著。

她前所未有地無助，因為她最害怕的事情發生了。剛才掐著自己脖子想置自己於死地的蒼龍令她想起當日自己的狼同伴被殺害的畫面，這個他是多麼可恨的人，多麼令人寒心的惡魔。可是，他的身體裏又困住了另一個令自己怦然心動的人，他拼命想逃出來和自己一起。她很想找出救他出來的方法。她坐在床沿緊緊握著他的手不放，祈求著第二天醒來的不是惡魔，而是她愛的蒼龍。

天亮時，狼女伏在蒼龍身上睡著了，但兩人的手一直沒放開。蒼龍開始恢復意識，腦中一直迴蕩著自己在叫喊「小狼、小狼」的聲音，當他睜開眼睛，迫不及待地衝口而出就是喊出一聲「小狼」！

「轟隆」一聲他以為外頭還在打雷下雨，冷靜後他聽清這是自己的心跳聲，像做完一場惡夢驚醒時心在活蹦亂跳。

狼女被他的叫聲嚇醒了，然而一看到他醒了又叫她「小狼」，她就以為是善良的他戰勝了魔性的他，心裏就舒了一口氣，露出了笑容。蒼龍看見她陪了自己一晚，也安慰地笑了。可很快，她看清他那雙眼睛是混濁的，就知道醒來的是魔性的他。昨晚他掐住自己頸的畫面依然歷歷在目，使她立刻鬆開了手。當她鬆手後，耳邊突如其來的安靜令蒼龍著急地立即又捉緊了她的手。她馬上變得非常驚慌。

「因為醒來的不是他，所以你很失望，對吧？」他苦澀無力地問。他無法自控地去跟那個他吃醋，為什麼她看到自己就一定要如此憤恨？而為什麼他又要在意這些。此時他腦海甚至閃過一個畫面，若醒來的是另一個自己，她會有多開心，而他也會很開心。

她再次鬆開他的手，一臉嫌棄地轉身離開。蒼龍撐起身子，看到她替自己包紮的傷口。為了和另一個自己鬥氣，就再次喚了她一聲「小狼」。她怒目回首，想著這是善良的他才能叫她的稱呼，他不配。蒼龍怒了，就下床走到她面前。

「我愛怎樣叫你就怎樣叫，你要是想再看到他，最好乖乖聽我的話。他現在困在裏面奄奄一息未醒，你想他死就繼續激怒我吧。」

想到他們共用著一個身體，看著他現在蒼白的嘴唇，狼女的心糾結起來，臉色立刻變得著急委屈。這令蒼龍氣血更不順，他想她為了自己著急，現在的自己，站在她眼前的自己，而不是那個毫無作為的自己。他似乎已經忘記理智的勸喻，這一面的他可不能愛上她啊。

狼女只好啞忍著怒氣照顧眼前這個人，她把他想成一副被封印住的皮囊，照顧好了這個身體，她等的人才會醒來。

他聽到她的所有心聲，氣得揪著她的肩。看著她臉如死灰的表情，他卻罵不出一句話，只是加重了自己內傷。他逼自己嚥一口氣，忍住不吐出血來。他別過頭去，扶著椅子差點就暈過去。狼女不忍，想走過去扶他，他又推開了她。狼女一臉不解但又已厭倦跟他推拉，他不要自己扶，那就算了。二人相不理睬，卻都難消心中的鬱悶。

為了快點痊癒，蒼龍想趕快找到一個肯用內功替自己療傷的人。待在這裏沒有意思，他邁著略為不穩的步伐想出去，她只好尾隨著。

他在牡丹樓就坐，打算喝一杯酒冷靜一下，狼女坐在他對面，兩人之間彌漫著相看生厭的氣氛，比搭桌的陌生人還奇怪。就在此時，一名打扮妖嬈，冰肌玉骨，花容月貌的美女走近他們的桌邊。她一湊近，蒼龍就聞到她身上迷人芬芳的香氣。

「我能搭一搭桌嗎？」她聲音軟得像條蛇。

狼女抬頭看一看她，立馬覺得她有點眼熟，但又說不清在哪裏見過她。她掃視四邊，今日牡丹樓不算客滿，她怎麼偏要來搭這桌？

女子見蒼龍沒有反應，就主動坐到他旁邊，以能勾動天雷的眼神凝視著他的側臉。

「見你自己在喝悶酒，不如我陪你喝？」女子摸著他的手道，話語間完全無視同桌的狼女。

兩人一下子就知道對方內力皆不弱，同時她也了解到他受了內傷。

蒼龍不知她來歷為何，但覺得她既然主動投懷送抱，應該能替自己療傷，衡量輕重下決定倒杯酒給她，以釋好感。她笑得艷媚，直覺他和天下其他男人一樣，都愛美色，她再暗送秋波，蒼龍輕笑回應。這些看在狼女眼裏，是她不會理解的男女暖昧。

「奴家叫落紅，未知大俠高姓大名？」

「蒼龍。」

「蒼龍哥哥，你怎麼受傷了？」她嬌嗔帶憂。

這話要是出自狼女口中，該有多好。蒼龍忽然想到自己從沒聽過狼女開口說話，但腦海早能想像她說此話時的語氣聲線。他陷在想像和現實中的落差，於是把心一橫，想像既然不可得，倒不如迎合眼前佳人的引誘。希望能一石二鳥，既能療傷，又能惹狼女吃醋，說不定能借此和狼女感情有所增長。他失笑，自己居然想和她有感情。

「落紅姑娘如此關心我的情況，是能幫我療傷嗎？」他溫柔湊近落紅問。當他把臉湊近的瞬間，她馬上如沐春風，

「當然可以，待會兒我就跟你回家慢慢療。」她回答時得意風騷地笑，手自然地搭在他肩上。

二人喝著酒聊著天，氣氛溫熱暢快，狼女坐在一邊簡直就是個搭桌的陌生人。落紅當然注意到同桌有這樣一個打扮奇怪的人，她對這以黑布蒙著臉，穿著暴露且不發一言的女子一來就沒有好感。不過見她一直不出聲也就不想多理會，只是現在快要動身，就不想她隨行跟著。

「她是誰啊？」落紅不屑問。

「我的侍婢。」蒼龍用一副不以為然的語氣回道。

「侍婢？長得就一副下人的樣子。」落紅氣焰囂張。

狼女才不當這樣的稱呼是一回事，在她心中，他根本不當自己是人看待吧。她只是覺得有人肯主動救這樣一個壞人，才是令她真正驚奇的事。或許人間男女來往之事要比她能理解得複雜得多。

反倒是蒼龍睨了落紅一眼。

落紅和蒼龍飲飽吃足後，就結伴回到蒼龍的居所，狼女靜靜地跟著他們身後。

「跟我進來吧。」蒼龍帶著陶醉的落紅入房間。

狼女則左轉回自己房間，落紅瞥到她背上有一條龍的紋身，心裏不期然警覺起來，看來她和蒼龍之間的關係，沒那麼簡單。

蒼龍進到房間後二話不說就脫去上衣，胸前露出的龍紋身和狼女背上的龍紋身很相似。落紅的直覺告訴她二人關係應該不只是主人奴僕，但她有信心蒼龍會喜歡自己。她覺得他很吸引，也深信他亦認為自己很有魅力。

「你真性急。」她笑。

「是誰性急了？你先替我療傷，再想別的事情。」

落紅走去想先親他一口，卻被他回絕。她尷尬一笑，手不安份地摸著他胸前的紋身，蒼龍也用手撥開。

「我好喜歡你胸前的這條龍。你能幫我紋一條在身上嗎？」

「不可以。」

「那你的下人背上為什麼有一條？」

「我為什麼要告訴你？我們只認識一天，你又不是我的誰。還有，她不是叫下人，她叫小狼。」

「罷了，看你嘴硬的，等我先替你療傷，再慢慢跟你玩。很快，我就是你的誰。」她企圖以嬌軟的聲線化解他的冷漠。

雖說蒼龍態度冷漠，但落紅還是盡心盡力地替他運功調整內息，而蒼龍也感覺到她內功挺深厚，定不是普通江湖女子。她竭盡全力幫他調好內息，蒼龍便能自己繼續療養，她的作用也沒了一大半了。療完傷後，落紅覺得全身筋疲力盡，就依偎在他的背上希望他能慰藉自己。

「辛苦你了。」蒼龍說，但語氣依然冷淡。

「不辛苦，你好我就好。」她呶著嘴嬌嗔說道，眼神依舊緊盯著他後背上的狼紋身。

「你背上的狼是她替你紋的嗎？」她不甘心地摸著那紋身。

蒼龍不語。

「她為什麼可以這樣做？」

「怎麼樣？吃醋了？」他說。

「我也要在你身上紋一朵花，代表我的花。」她媚笑。

「不可以。」他怒回。

落紅有點委屈，淚花有度地灑在自己眼眶，自己這樣幫他，他卻對自己呼之則來，揮之則去。他轉身看她，托著她下巴端詳，她的確長得很美，但美得如同沒有靈魂的銅像。她那楚楚可憐的神情背後總令他覺得危機四伏。或者，本來他眼中的世界就該如此，每個人都和他一樣，沒有心，全都是美得刻板呆滯的銅像。然而，他在狼女身上看見了靈魂，世界就再也不一樣了。

她順勢倒進他懷中，捉緊他粗壯的手臂，配合淚水在扭頭撒嬌。

「你怎麼沒有心跳？」她在靠近了他胸膛後，忽地一驚。

蒼龍笑而不語，這笑不禁令落紅背脊發涼。

「你要是累了，就早點休息吧。我到另一間房間睡。」他說罷就離開。

落紅驚魂未定，徹夜無眠。她忽然覺得自己像走進了深不見底危機四伏的虎穴一樣。

蒼龍走出房門，看到在對面狼女的房間早就熄了燈。她根本就不在意他們在房裏做了什麼事，煞有介事有所顧忌的是自己。落紅的出現沒有令狼女生氣，反而是警告了自己，他對狼女的感覺與眾不同。

第五章

翌日清早，蒼龍待在房間逕自療傷，落紅醒後看到狼女正在大廳打掃東西。狼女無心但落紅有意，狼女背上的紋身在落紅眼前晃來晃去，令她想起昨晚蒼龍的態度，繼而非常上火。她於是走過去想和狼女搭話，問他倆的關係，但狼女既不想回應，也回應不了。

「早上好啊。」落紅見自己主動示好狼女卻不理，就更討厭她。

「我昨晚問了蒼龍你的名字，他說你叫小狼，是嗎？」她不知自己踩中了狼女的地雷，魔性的他這樣喚她已經令她生氣，現在一個陌生女人這樣隨便叫她，令她有衝動要動手打人。

落紅被狼女忽然變狠的眼神嚇了一跳，這女人話又不說一路光瞪著她，也挑動了她的神經。

「你是怎麼回事？以為自己是誰啊？問你話又不答，你是啞巴嗎？」落紅再次踩中狼女的地雷。

狼女再也忍受不了，她捉緊手上的掃把絆落紅的腳，落紅躍起閃躲，在空中伸爪去抓她的臉，狼女一個轉身避開，落紅繼續窮追著她。落紅爪風凌厲狠毒，全因她練的「分筋碎骨爪」內功紮實穩固，狼女根本招架不住。她一把抓落狼女臉上的黑布，看見她頸上的疤痕，才意識到她為何一直不回話。

「原來真是個啞巴。」她訕笑。

狼女怒火燒得旺盛，不理自己是不是她對手，就只想去扇她兩巴掌。兩個女人就在廳裏打了起來，狼女拳腳猛烈陽剛，落紅爪功陰柔狡猾，可因內功上的差距，落紅很快鉗實了狼女的手，令她不能動彈。落紅嘴角恃驕上揚，雙眸橫蠻輕視狼女，爪力一滲，狼女聽見自己的右手腕骨頭碎裂的聲音，她痛得張著嘴閉著眼，五官扭曲，跪在了地上。當落紅想出爪打碎她天靈蓋時，突然腰間被纏著了一條鞭，一道猛力拉她往後摔，把她撞到柱子上。

落紅疼得在地上大叫，她看見是蒼龍拿著鞭子攻擊自己，心中氣憤不已。

「是她先動手的。」落紅向蒼龍抱怨。

「誰說你可以殺她？她是我的人，怎麼處置是由我作主。」蒼龍面無表情，語氣徐緩威嚴，足以令落紅打了個冷顫。他表現出那種冷靜無聲的殘暴，是最令人畏懼的感覺。

「哼，你會後悔這樣對我的，蒼龍！」落紅氣得一走了之。

他不關心落紅的去向和狠話，逕直走去找攤軟在地上的狼女。她痛得整塊臉都漲紅了，流著眼水急喘著氣，她叫不出來痛，悶氣釋放不了，顯得更加可憐，但她一看到他走來，就壓制住情緒。他不是那個他，他不會溫柔地安慰自己，反會嘲笑自己沒用，說出「早就叫你練好點內功」之類的話。

「你為什麼動手？」他蹲著問她。

她放空思緒，放空眼神，身體卻不聽話地止不住地顫。她的左手緊握著劇痛不止的右手手腕，不打算作任何回應。她從不認為向他訴苦有什麼作用，他是個連同情心都沒有的人。她若敢說什麼，可能只換來他的一巴掌。特別這個落紅對他如此重要，她怎敢說什麼？

他知道她不願說不願看到自己，無論他怎麼逼也沒用。

他扶起她的右手腕，摸到當初二人訓練時他親手割下的刀疤。狼女的手一被抬起，立馬露出疼痛之色，他亦能感受到她的痛楚。他默默用勁為她駁回碎骨，再運功舒緩她的疼痛。若是之前，他定會出口責怪她這點痛都熬不住，但現在，他只是想減輕她的痛楚。他握著她的手腕，期望她至少給一絲反應，就算不是感謝。可她沒有看他一眼，只是在他治療完她手腕傷勢後縮開了手。

「看著我。」他強行把她的臉轉過來。「你現在是準備一天見不到他就不打算和我說話了，對嗎？」他無法淡然。

狼女依然看著他不語，眼神中一點靈魂都沒有。

「你就暫且當我是他，有什麼委屈告訴我。」他語氣不禁輕柔起來，一下子他也以為那個他回來了。這樣的自己著實很陌生。

她盯著他的眼睛，奇怪的是在他說完這句話後，他原本混濁的瞳孔竟漸漸變得清澈，是他回來了嗎？她一下子淚水凝眶，心裏憋住的委屈一傾而注。落紅語氣輕蔑地叫她小狼，又笑她是啞巴，令她無法容忍。蒼龍聽到後沒有回話，只是抱她入懷隨她哭。這一刻，她覺得他就是自己愛的那個人，能讓她放心流淚。

蒼龍咬緊了牙關，決心要替她報仇。他不敢回任何話，怕她會突然認清自己根本不是她深愛的那個他。

當他在房間療傷時，他已感應到她有危險，他趕出來出手救她，和那時看見她因天狗受傷一樣，這感覺從他一遇到她開始，就纏住他。

從一開始他以為他看她受傷只是會慌張，到發現自己因她受傷會起殺意；從以為要看見她流血才會心軟，到認知到自己根本還未看到她受傷已有感應，他一幕幕憶起這段時間的事情，無法再欺騙自己不是已經愛上她。善良的一面比自己早承認這點，承認他離不開她。自己遲了，然後一切也就遲了。

外頭此時又下起綿綿細雨，狼女看著雨自屋頂緩緩落下，自己的眼簾也跟著下雨，可神奇的是她彷似能看到他也在哭泣。雨一滴一滴落在她背上，滑過那條欲奔向月亮的蒼龍。

兩人抱著彼此一段時間後，蒼龍忽然不吭一聲直接轉身離開，怕她先察覺出什麼異樣而推開自己。他隻身走入雨中，狼女有種預感他要去找落紅。她也突然醒覺，剛才擁抱著自己的是他。他和他，難道已經合而為一了嗎？

蒼龍發現落紅的身影，她撐著傘鬼鬼祟祟走去和一名作錦衣衛千戶打扮的人對話，他就悄悄躲藏偷聽著。

「有什麼發現？」男子小聲詢問。

「回石大人，我還未找到蒼龍身上的秘籍，但剛好他受了內傷，我主動替他療傷，過程中，我感覺到他體內練的內功非比尋常。」

「哦，你的看法是？」

「這人練的內功特殊，而且最重要是他沒有心臟，一個沒有心的人能存活，還有這麼高的內功，我估計他很有可能與東廠近日想找的無日有關。」

「何出此言？」

「我向周力的手下打聽了，他們正想方法引出擁有《亂天之經》上半部的無日。他們猜測當年擁有《亂天之經》下半部的極夜有個兒子未死，去翻他的墓也只看見一副屍骨，就覺得那孩子是被無日收了當徒弟去練《亂天之經》。蒼龍可能就是這個人。」

「你是說他不只拿到天狗手上的殘章，還練成了《亂天之經》的上半部？」

「我不確定，但機會甚大。」

「若是如此，那我們的計劃得變。落紅，你不能殺了他，而是得快東廠一步把他捉過來。」

「落紅知道。」她竊喜，他不用死了。

「對了大人，蒼龍身邊一直跟著一個啞巴女子，內功不高但性格兇悍，拳腳挺狠的，像頭野狼，估計也不好對付。而且蒼龍好像很在意她，如果活捉他不成，捉那女的回來，或許也能成事。」

「哦？他還有個女伴？你跟他有接觸，就都聽你的吧。」

「是。」比起捉蒼龍，她更想治一治狼女。

「你可別像當年的女殺手鎖星一樣，你也記得她最後命運是怎樣吧，東廠不好惹，我們更不好惹。」

「落紅明白。」她略顯心虛。

蒼龍這才了解她是錦衣衛安排來殺自己的女殺手，想對自己施美人計。難怪她武功這麼好。憑對話來猜，她原本應該只想來殺了自己，然後奪走天狗本想上交予錦衣衛的殘章，沒想到峰迴路轉，因得到東廠的情報，她發現自己價值比想像中大。而蒼龍也從對話得知他們一伙以及東廠想捉走自己和狼女，還翻了父親的墓打擾他安息。他頓時覺得除了另一個自己，自己瞬間多了很多敵人。他不能落入任何人手裏，特別是東廠的人，因他們是自己的殺父仇人。他不可出事，狼女也不可以被捉走。因此，他得先把落紅殺掉。

他先離開那條冷巷，免得被發現。他不知和落紅對話的人的功力底細，萬一二對一開打，自己負著傷，定會吃虧。他轉為遊走在街上扮作和落紅偶遇。落紅看到他，就停下了腳步，她心裏想著他是來哄回自己。當他不出所料向著自己緩緩走近，她不自覺臉露喜色。

「終於知道我委屈了吧。」她不知狼女和他的心靈感應。

「跟我回去。」他強忍心中怒氣。

「為什麼？你對我又不好。」

「你不是說想讓我為你紋身嗎？」他勉強擠出一笑，為怕這冷巷有埋伏，他打算先引她回去。

她抵擋不住他眼神中令人攝服的魅力，扭捏不成氣也生不了，就隨著他回去。回去時天色已漸晚，落紅見狼女不在，覺得是他替自己趕走了她，心裏痛快。而狼女此時坐在屋頂上看著入門的二人，落紅勾著蒼龍的手，一副樂不思蜀的樣子。他們直接進了房間，狼女不知蒼龍想做什麼。明明下午她才對他訴苦，轉過頭他們又這樣如膠似漆，自己竟相信這個他會幫自己出氣，真是可笑。

「把衣服脫了吧。」蒼龍把房門關掉後道。

落紅羞澀一笑，他這麼霸氣，反倒讓她折服。她自從收到命令要色誘殺掉他，就偷偷跟蹤了他幾天，明明話都未曾說半句，但她的心卻早就奔向了他。他就是她會迷戀的類型，高大的身形，黝黑結實的肌肉，精緻俊雅卻不失男子氣概的五官。放眼江湖，沒多少人有這種氣勢。她脫下衣裳，露出光滑白皙的胴體，幻想著他等一下會如何愛撫自己。可他正眼沒多看她身體半秒，就用力把她反撲在床上。

「你想把紋身紋在哪裏？」她沒想到他會突然這麼大力對她，嬌柔地問。

「你不是愛和小狼比較嗎，就紋一個在你背上好了。」

「我要和她不一樣。」落紅不屑他又提起狼女。

「可以啊，像你這樣毒舌心腸的女人，我紋條蛇上去好了。」

「你什麼意思？你還在為那個啞巴生氣嗎？」落紅感覺他語氣不妥，本能想轉身保護自己，他卻更使勁壓住自己。

「你覺得你會開口說話就比得上她嗎？」他反問。

「我有什麼比不上她？」落紅自覺從頭到腳不輸狼女一分。

「你什麼都比不上她。」蒼龍運功想震碎她左手。

落紅深感不妙，及時伸出爪想捉住他的手，他一個反扣，把她的雙手扳在背後。

「蒼龍，這樣就值得你動手殺我？別忘了是我為你運功療傷的。」

「你什麼來歷你自己最清楚。而今日你既然斷小狼右手，我就斷你的命。」蒼龍運功一掌擊落她左背，粉碎她心脈，落紅淒厲尖叫一聲，噴出一大波鮮血，遺言都來不及說即香消玉殞。她多想能告訴他，自己對他的真情切意絕不輸狼女。

狼女聽到落紅的慘叫聲，自屋簷跳下打算查看情況，卻只看見蒼龍抱著落紅的屍首從房間走出來。她的上衣凌亂，滿口鮮血，頭髮蓬散，乍看完全看不出她曾是那樣的絕色美女。狼女嚇愣了，蒼龍卻異常冷靜。

「她是錦衣衛派來的女殺手，本就該死。加上她今日竟碎你右手，更是該死。」

狼女忽然想起難怪她覺得落紅眼熟，是因為她早就暗中跟蹤他們倆，她幾次瞥見落紅，她都是在入神地看著蒼龍，沒看見自己。雖然她討厭落紅，但從未想要置她於死地。現在蒼龍嘴上說著是為自己爭一口氣，但實際可能只為滿足他的殺慾。她不敢說他不對，可他所作的事，只令她更噤若寒蟬。

蒼龍走出去棄屍，狼女跟了出去，她不停想到，可能有一天，被棄屍的是自己。她抬頭望天，佇思為何下一個月圓那麼久都不到？

蒼龍自知再留在泰安會有危險，就叫狼女收拾行裝準備漏夜離開。

落紅的死驚動了錦衣衛，從她屍體上的致命掌傷來看，估計落紅先前說蒼龍是練《亂天之經》的人並沒有錯。東廠同時收到風聲蒼龍昨晚從住所漏夜出走，兩者都想盡快攔截到蒼龍。為了搶得先機，錦衣衛除了連忙派人追捕逃走中的蒼龍，還通知西廠派人增援。

「石千戶你別慌，我們定能比東廠先捉到蒼龍。」西廠副總督魔羯聽到錦衣衛千戶石春萬的線報後淡定說道。

「魔羯大人難道早有計謀？」石春萬疑問。

「東廠的人馬多但我們勝在有高手，他們跟我們鬥只是在白費力氣。我有信心，蒼龍會是我們西廠的人質。」

「那麼下官就放心聽從大人的指揮了。」他諂諛。

「沒問題，你照樣帶一批人馬去追查蒼龍下落，但不必急著下手，我有人馬隨後會跟上你們。他們得先把東廠那些廢物除掉再來會合你們。」

「是的。」

「捉了他們後，帶著他們來牡丹樓跟我見面，我會佈下鴻門宴，等候審判蒼龍這有趣的人。

我倒想看看，能練《亂天之經》的人是個什麼人。」魔羯信心滿滿地喝了口茶。

魔羯年紀未過三十已成為汪直最信任的手下，在西廠中可謂「一人之下，萬人之上」，連錦衣衛上下的人都得尊稱他一聲「大人」。這全因他做事出名乾淨俐落，而且熟悉江湖人事，往往能找到最適合的人來辦事，深得汪直歡心。他是太監，同時是名武林高手，自小師從五毒教。因此，他出手陰毒卻又著重花式優雅，每個動作都像在繡花。他愛美得比女性還誇張，十指纖纖不沾濁，臉白如雪不染灰，唇紅齒白猶勝紅梅白雪之配。他不喜歡抓狂，因為這不夠優雅；他也不喜歡流血，因為這不夠潔淨，他的世界就要過得似水悠悠，同時翻藏著暗湧。

這次奉命追查《亂天之經》下落，正是他發揮的大好機會。他期望自己能揚名立萬，早日成為把持朝政的實權者。

蒼龍和狼女以竹帽黑紗遮臉一直往北方逃，但還是在幾天後接近日落時分遇到錦衣衛的攔阻。對方來了至少三十多人，個個拿著兵器，自己內傷未全好，狼女右手又不便，要以一敵十並不容易。

「蒼龍，你殺害錦衣衛女校尉落紅，觸犯大明律法，現在我們要捉拿你回去審理。」

「滿口胡言。」蒼龍不屑，他們不過是借機想來捉自己當人質。

「你若不束手就擒，我們就對你不客氣。」

「誰怕誰？」

他甩出馴龍鞭，鞭風如同龍哮，一下子令人不敢靠近。

「給我上，把他們兩個活捉回去！」石春萬下令。

兩人都屏息應戰，就算明知是一場硬戰，他們都不曾退縮。在狼女心中，越多敵人只會激起她越大的勝負欲，就算一隻手有傷，她也能用另一隻手獨自撐起一邊天。有人想殺她，她就見一個殺一個，生存從來都是她本能中最在意的事。得蒼龍訓練，她左右手皆非常靈巧。她左手耍著刎血匕首，見一人宰一人，雖只是一介女流，氣焰卻震攝在場所有錦衣衛。

雖然使出《亂天之經》內功威力很大，但蒼龍之所以不敢常用是因每次用完他都會消耗很多真氣。若此時遭到伏擊，就很容易成甕中鱉。然而他現在不想拖延時間，就不顧內傷運出《亂天之經》頭三層內功的合掌，一下子擊倒幾十名錦衣衛。當他以為敵人全除時，伏在林後蒙著臉的一行西廠人馬就衝了出來，蒼龍這才知道自己中了他們「螳螂捕蟬，黃雀在後」的詭計，但他短時間內無法再出掌，心裏急躁萬分。

狼女看到蒼龍因真氣消損而變得虛弱，就擋在他面前想替他盡可能殺掉這些來歷不明的人。她奮身護他，只為保他身體無恙，當中牽涉的權鬥利害，她沒空思考。

西廠的人察覺蒼龍暫時發不了力，餘下只有眼前這頭像野獸的蒙面女子，既然機不可失即群起攻之。然而狼女硬朗倔強，不屈不撓，手握著刎血匕首，直接和十幾人糾纏搏鬥，不退讓半分。西廠領頭的神秘蒙面人看到她如斯拼命，不禁心生佩服。即使她遮住了臉，但單從她眼神中的殺意，已莫名令他著迷。他注意到她右手有傷不靈活，就捉住這項弱點，出手扳她右手，一下子趁她因疼痛分心轉身想逃時，從後勒著了她的頸。

「你放開她！」蒼龍馬上急了，對著那人吶喊。對方雖然蒙著臉，但蒼龍隱隱覺得他的眼神很熟悉。

脅持住狼女的人見他如此著急反倒樂了，早在見到她用的是蒼龍的匕首時，他已覺得她定不只是個隨從。這下不必出手，蒼龍也會自願成為人質了。他對錦衣衛的領頭石春萬使了個眼色，對方立即意會。

「蒼龍，你若肯跟我們回去，我們就不傷害這女的。」

蒼龍沈住氣思量，他抬頭看著狼女，她皺緊眉頭，不希望他為自己屈服。反正他要是不從，他們也不敢殺了自己，她不欲自己連累他。他也以為自己不需為她自投羅網，可以棄她如敝屣，但現實是他不可以讓她受傷，不可以讓她離開自己半步。

「好，我跟你們走，你先放開她。」他選擇投降。

石春萬得意笑了。

勒著狼女脖子的人放開了手，推她回蒼龍身邊，而她背上的紋身再次搶去他的注視。她趕忙走去扶起蒼龍，蒼龍瞥到那個人依然凝視著他們，心生排斥敵意，本能叫她立刻捉緊狼女的手。狼女不明所以，但沒有放開。二人沿途被刀架著身子，押回牡丹樓。

第六章

一行人到達牡丹樓時已是深夜，但牡丹樓內燈火通明，魔羯早已坐在中間悠閒地泡著茶等待著他要的人。他在牡丹樓上下兩層全佈置了西廠的人，蒼龍和狼女可謂插翅難飛。

隨行的人把蒼龍和狼女押到魔羯面前後就四散在側，等待進一步的指令。狼女盯著眼前這不男不女的美人，心竟不由自主地生讚歎。他膚如凝脂，眉目如畫，眉宇間的英氣流轉在唇上時則化為一抹嬌氣。人類的世界果然從沒停止令她訝異。魔羯見狼女直視著自己，眼神像看見奇珍異獸一樣，就反厲了她一眼。狼女這才回過神來。

「你是蒼龍，對吧？」他問蒼龍。

眼前這高大俊朗劍眉星目的男兒，眼神中是不屈服的威嚴，臉色慘白卻不減其輪廓稜角的鋒芒，一出現就深深地吸引著他的目光，他的氣勢和外表沒有辜負他的名字。

蒼龍不語。

「我等你很久了。」魔羯續道，「你應該知道為什麼自己會被捉來吧。」

「你們想怎樣？」蒼龍問。

「你全身都是寶啊，我怎敢傷你？只要你願意跟我們合作，道出《亂天之經》上半部的下落以及配合我們找下半部，你不但沒有損失，反而會重重有賞。」

「你別痴心妄想了。」蒼龍一口拒絕。

魔羯不喜歡他語氣中處處可聞的倔，世界上拒絕自己的人都該死。

「那是你不識趣，就休怪我們無情了。」魔羯站了起身，其他人也舉起手中武器嚴陣以待。

「蒼龍，你好好再想清楚，試問以現在的局勢，你除了依從，還有他法嗎？」魔羯再試探，他真捨不得傷害這張臉和這副身體。

「就算要死在這裏，我也不會告訴你半句你想知道的事。」蒼龍倔強得令人生畏。

魔羯眼神泄露出半分怔忡，平生還是第一次遇到這樣的人，但很快他恢復鎮靜。任何人都有弱點。

「既然你話已至此，那我們先來場君子之戰吧，可敢跟我一對一戰一場？」

「有何不敢？」蒼龍從來坦蕩蕩，就算明知對方陰險，他也無畏無懼。

魔羯拍桌騰空而起，蒼龍也騰躍半空，二人同時出掌，掌風之凌厲迫得四周之人都掩面遮擋。魔羯最厲害的內功就是「綿裏針」，綿軟的掌中藏著數之不盡看之不清的毒針，蒼龍自知若不使出高對方幾級的內功，很快就會被魔羯鉗制，自他練《亂天之經》以來，所及最高的就是第十三層內力，可他一直未曾出過此招。然而，現在不出招，只有死路一條，蒼龍不想太多，運勁一搏，果然把魔羯擊退，魔羯雖中內傷，可為保臉龐上的潔淨優雅，忍住不吐血。相反，蒼龍自己吐了一大口血。魔羯見識了《亂天之經》的威力，不敢小覷他的狠勁，為了不加劇內傷，只好暫時休戰。

他見蒼龍不好惹，就把目標轉為攻擊他身邊的女孩。出於直覺，他就知這女孩是他心頭肉。他伸手一吸，就把狼女吸到自己身邊。在半空時，他打算伸手除她遮臉的黑布，她用力反抗落在桌上，魔羯再伸爪強行脫之，狼女一個轉身後單膝跪在桌上，瞪著魔羯。此時所有人都看見她頸上的疤，魔羯也輕笑，喲，她不過是個長得髒兮兮又愛發瘋的啞巴。魔羯右手架起蘭花指一撥，狼女像在轉盤上一樣從桌上右轉墜地，在她完全落地前他再一把從後掐住她的腰。狼女滿臉痛苦。

「蒼龍你不怕死，這女孩應該也不怕吧？」他挑釁。

蒼龍嗔目切齒吼了一聲，震動著魔羯的內傷，魔羯倍感疼痛瞪了回去，這下他深信這女子應是把持局勢的良丹妙藥。他掏出一根銀針，是其暗器「化骨融肉針」，一針刺中皮膚後針及毒就會融入體內，他作勢想針刺狼女，眼神同時命令其他人準備活捉蒼龍。蒼龍如箭在弦，打算和魔羯同歸於盡。

「要是用針劃一劃她的臉，那道疤豈不是能跟她的頸傷作個呼應？」魔羯刻薄嘲笑。

狼女激不得，聽他這樣一說，忽然發狂用口叼住銀針，向魔羯一噴，針輕輕劃過魔羯的臉，留下一條血痕。魔羯大吃一驚，惱羞成怒，居然有人敢傷他容顏，真是不識那「死」字怎寫。狼女趁他慌亂之際抽身逃出，但魔羯立刻憑空扔出兩支銀針，直中狼女之背，他又再運勁出掌將她一推，狼女撞向好幾張桌子，滿口鮮血倒在蒼龍面前，全身劇痛難當。蒼龍不堪她受如此重傷，像失心瘋一樣不分好歹且不顧自身安危開始亂掌攻擊，魔羯同樣叫牡丹樓所有人馬對他進攻，此處瞬間變成修羅場。

狼女忍痛從地上爬了起來，協助蒼龍抗敵，奈何體內銀針的毒開始發作，她感到暈眩無比，根本無法集中。此時魔羯趁亂再出綿裏針毒掌想弄死狼女，但蒼龍捨身阻擋，掌化開的毒針全入他體內。魔羯原想留蒼龍活口，可現在他既中了毒掌，想活下來都難。他臉上的溫燙刺痛反覆令他失去理智，不持優雅，既然蒼龍能為她死，就讓他死吧。魔羯主動跳出來單挑負傷的蒼龍，二人再次僵持不下。當狼女以為二人將必死無疑時，忽然有個人向她撲來，她下意識覺得有危險，手腳無力之際仍伸手去扯爛蓋著他臉的黑布。兩人對視，她看見了一副俊美卻冷酷的臉龐，眉眼之間流過冷白蟾光，眼波如夜水清涼，右下嘴角有一小道美中不足的疤痕。她認得他的眼睛，他正是剛才在林中扳她手的人。她以為對方想殺掉自己，於是後退幾步，但他卻把她一把摟入懷中，然後轉身用手上的追命長棍替她一下子擋走所有敵人。觀他武功之強，足以凌駕於魔羯以至整個牡丹樓的人之上。而他的手下看見他態度轉變後，也跟著去對付西廠的人。

他本想直接領著狼女衝出去就作罷，但她看著蒼龍的處境非常危險，就堅決不肯走。他猜到她應該想把蒼龍也救出來，只好把她安置在門口後衝進門替蒼龍解圍。他臨回牡丹樓時用眼神安撫著她，她目送自己時的雙眸，讓他決定用餘生貪戀。原以蒼龍一人之力，身上千瘡百孔，是絕對無法擺脫魔羯的，但他此時一加入，形勢立刻逆轉。蒼龍忽見有援兵，不住一瞥來者何人。

「阿奎！」他按捺不住激動納罕。

對方沒有理會他，只是專心奮力逼退魔羯。

「屠虎，你居然背叛我？」魔羯見刻意請來的屠虎忽然叛變幫蒼龍二人，心中之怒火更加不可遏。這人明明說過自己最恨蒼龍。

蒼龍重遇久未相見的師弟，激動思念之情令他重拾動力。二人久未聯手，江湖中人也鮮有人知他們的關係，更別說見過他們聯手。可無日苦練二人的默契是時日不可輕易沖淡的，他們不需言語，就可令所有人折服。就算蒼龍頂著重傷，仍有天上霸王的氣勢；而屠虎則是在大地馳騁無畏的霸主，龍虎雙霸一合，世間無可匹敵。

常人早已卸下盔甲投降，任魔羯再惡毒也只能敗走認輸。屠虎拖著蒼龍逃出牡丹樓，會合焦急等待的狼女。還未等蒼龍開口說話，屠虎就先帶二人逃到郊外，免得追兵趕至。天也漸漸破曉，狼女和蒼龍身上的劇毒令他們撐不了多一天。

「阿奎，怎麼是你？」蒼龍掛心著這已多年不見的師弟，無論是什麼時候的他，都會記得這個師弟的存在。除了師父無日，和自己最親的人就是他。

「我走時已說得很清楚，不要再叫我阿奎。在我十二歲獨自徒手屠宰那頭從西方奔來的奇虎，飲用牠的血後，無日那老頭已答應讓我改名為屠虎。」他在說話眼神透露著難抒的鬱結。

「你為什麼投靠了西廠？」蒼龍不解。

「我的事不用你理。我說了想親眼見證你死，本還以為這一天要等很久，可以你現在的情況，怕這一刻很快就來了。」屠虎嘴上恥笑著蒼龍，但忍不住又瞄了狼女一眼。

「你不會得逞的。」蒼龍感覺到這個師弟想待自己中毒死後帶走狼女，這令他非常警戒，把手攔在狼女前面。既然他不跟自己講情份，他也就成了自己的敵人。狼女聽到屠虎對蒼龍懷著深切敵意後，便對他不懷好意，他想取蒼龍的命，代表會令善良的他一併消失不見。

「你能怎麼樣？難不成想她陪你殉葬嗎？」他不留情面落井下石。

「我有方法救我自己，也會救她，用不著你操心。」

屠虎想著蒼龍不過嘴硬，他死後，自己就可把令自己一見傾心的狼女搶來。現在著急，反而會令狼女討厭自己。

「好，我們總會再見的。」屠虎臨別時注視著狼女說道，狼女想避開他的注視，卻又忍不住回望幾眼。她說不清這感覺，就像遇到迷人的景色，嗅到芳香四射的花，聽到動人的歌聲一樣，你不能不停下來欣賞，卻隱隱感到有危險。

等屠虎背影消散後，蒼龍緊張地抱著狼女，他要把她佔有著才能安心。他當然懂她被屠虎吸引住了，所以他更不能讓自己出事。

「小狼，接下來我交代你的事，很重要。我們能不能活下去，就靠你了。」

在蒼龍把一切安排吩咐妥當後，就在強壓自己體內毒素的同時冒險把狼女身上的毒全轉移到自己身上。二人就地盤坐，閉目運氣，蒼龍掌心推向狼女後背，慢慢把魔羯射中她的兩支毒針和她體內的毒氣逼出來。毒針滲著紫黑煙霞在空中浮著，他先喘了一口氣，然後一吸氣，毒針就直插入自己腹部。他撐到此時已經快要不省人事，但也等到狼女吐出烏血後才放下心。她一睜眼就轉身扶著他，他中毒後不曾吐血，整張臉卻發黑了，其實正是最危險的情況，毒血在體內堆積無處可散，只會令中毒者加快亡命。

不過對蒼龍而言，這樣轉移毒針至少確保她不會有事。他心甘情願把自己的命交到她手裏，只盼她不輕易辜負，之後的事只能聽天由命。

「小狼，不論你最後拋不拋下我，我能保你無恙已足矣。」他在暈厥前試圖再動之以情，說的皆是情真意切。畢竟下一個月圓之時未到，他卻已命不久矣，他沒有信心她會冒險救自己。

狼女眼中含著淚，她很清楚眼前這奮不顧身救自己的人不是月圓的那個他。若他欠了自己和狼族幾百條的命，現在做到這樣是不是也夠了？其實她沒空思量該不該救他，因在她眼前的他，已把命交在自己手上，那條分割他的善惡界線漸漸在淚眼中模糊，她怎都無法丟下他。

她一路背著蒼龍回他們在泰山的小山洞裏，時間不多，她得馬上出發。

屠虎離開二人後想起少年的往事，他自己沒預期會在這個日子重遇蒼龍，更沒想過會忽然遇到一個令自己動心的女子。要是當日他沒離開師門，事情又會變成什麼模樣？

本來從小他和蒼龍的感情密不可分。他對蒼龍在路上救起了自己一事很是感恩，視他如再生親人，用親兄弟形容他們的感情也稍嫌不夠，用影子和主人來形容更顯貼切。他一直追隨著他，不管他是否看得見。他永遠記得在路上餓了多日惶惑不安時，蒼龍的出現有如漆黑中的明燈，他對蒼龍充滿感恩，同時又覺得有所虧欠。所以他總是那麼一心一意可又默默不語地想師兄好，他的世界中只有蒼龍是重要的，可蒼龍不見得對自己有這麼上心。蒼龍總是遲鈍憨笨得令他哭笑不得，而很多時候他也把敏感的心思收在心裏不曾明言。

無日對蒼龍的偏愛他其實不曾真的在意，反正他在他們兩人之間確屬外人。無日曾言他們個性一剛一柔，就把馴龍鞭給了蒼龍作武器，追命棍給了自己。他原覺得無日的判斷錯了，他的武器怎會是剛強的長棍？他怎麼駕御它？但現在反倒懂得無日觀人的仔細。觸發自己和蒼龍決裂且令自己成長的正是他隻身屠虎一事。他之所以獨自前行就是因為蒼龍失約，無日說過那隻白色奇虎原乃西邊神獸，迷路在東邊的話註定束手就擒，若人喝了牠的血能精氣補神，對練功效果很好。他惦記著蒼龍因練功受的苦，所以他很想能捉到這隻奇虎。他們師兄弟也就約好一起到河邊屠虎，再分牠的血來喝。然而在約定那天他等了很久，蒼龍都沒有出現，眼看天要下大雨，他只好先行出發。在與那頭奇虎奮搏途中，牠抓傷他的嘴角，留給他一世的疤。屠宰了奇虎後，四周空無一人，他最想見的人不在自己身邊，分享自己的喜悲。他心靈忽然感到無力之極，原來他成長以來都是為了蒼龍而奮鬥。當他不在，自己做什麼都像是沒意義了。他突然很想逃脫這種感覺。從今開始，他想活出自己的人生，不再只跟著蒼龍的步伐，不再活在他的影子下。他把奇虎的血一飲而盡，自此覺得自己成了這隻驕悍有力的虎。他扛著虎屍下山，不出所料，蒼龍非常無心地忘了這個約定。雖然他主動關心自己嘴角的傷，可他不在乎了。

而他想改名，不要再被人叫阿奎，不要再被他叫阿奎。阿奎感覺就如沒志氣的小弟弟跟屁蟲，而且稍嫌陰柔文弱。他想成為能與龍匹敵的猛虎，甚至從此以戰勝蒼龍為目標，只有這樣才算活出了自己。他深信自己具有能力天份打敗蒼龍。

無日把自己的態度轉變看成青春期的叛逆，蒼龍似是對這一切不以為然。他覺得這師弟沒有變，變了也不是因為自己。後來蒼龍得以修練《亂天之經》，當然成了最大的導火線。為了印證自己的決心，屠虎脫離師門，自己去闖蕩江湖，還成立「奇虎門」，收納弟子，這幾年在江湖已薄有名氣。他要讓天下人知道，屠虎比蒼龍厲害。闖了天下這麼多年，他總算有機會和蒼龍決一勝負。而現在令矛盾更深的莫過於他在意的女人，蒼龍亦在意。

他其實不想蒼龍就這樣中毒死去，這樣他實在勝之不武，別人不會見識到他的本領。而明顯對蒼龍有情的她，也會討厭自己。所以想要真正奪得佳人心，他就要幫她一把。

果然在不久後，屠虎找到她的下落，她隻身走向「御山」方向。這秘境要走過許多路不成路的殘道，加上要天時地利人和三者皆有才可到達，平時根本無人能往。他猜到應是蒼龍告知了她無日的所在。他一直尾隨著她，不敢輕易出現。直到她在半路遇到御山山腰下的惡獸狸力，牠從土裏探出頭來，整座山都像在跟著動一樣。牠遠看像一頭大野豬，四肢有利爪，頭上有角，血紅色的瞳孔一直盯住自己的獵物。

狼女倒是沒有在怕什麼，泰山上也很多奇珍異獸，看到野獸反而比看到人更親切。她知道牠想吃掉自己，但她不會認輸。

屠虎一直在暗中觀察，他不急著出來英雄救美。狼女是個有實力和好勝的女子，太輕看她反會遭她不屑。

狼女拿出匕首跟狸力對戰，狸力雖然力大無窮但不靈活，狼女很快騎在牠身上用匕首刺了他一下。狸力受到刺激後用力把她甩了下來，她下墜時手勾著牠的角，牠再往反方向甩了一下，狼女立馬彈飛了幾米遠，匕首也散落在別處。狸力向她衝過去，打算把她踏成肉醬。此時一根棍重重打在狸力身上，牠腿軟倒下。

狼女見到救她是屠虎，滿臉不可置信。

屠虎撿起狼女的匕首後丟了給她，再給了她一個眼神，示意她自己處理掉這隻惡獸。狼女衝前用匕首割斷狸力的動脈，牠的血噴湧，她神情平靜，毫無懼色。他把這一幕看在眼裏，只是輕笑了一下。

屠虎走過去狸力的屍體邊，拔了牠的一根利爪下來，再喝了一口狸力的血。他轉身看她，狼女一怔，本能地退避。

「這是我留給自己的紀念。」他把利爪收起來。

她一臉疑惑。

「你也喝一口吧，牠的血能讓人瞬間恢復體力，很神奇的。」

狼女見他也喝了，就照做。她跪著吸著牠的血，而他對她這種近似獸的形態特別著迷。喝完血，狼女果然精神一振，不只嘴唇呈鮮紅，臉頰更是多了幾分緋紅，心裏對他的信任也多了幾分。他瞧著她的臉，一時之間無法言語。

「對了，你要去哪裏？」他隔了一會兒才回過神來，若無其事地問她。

她想到他對蒼龍的敵意，眉一蹙以示警覺，他走到她眼前遞給她一塊紅色石頭。

「我知道你回答不了我的問題，但只要接過這塊『聽心石』，我就能聽到你想對我說的話。」他露出溫暖的笑。

狼女半信半疑，但見他笑得這麼暖，就放下戒心接過石頭，這塊紅得像杜鵑花的石頭，一上她手就如水化掉。

「你想去找誰？」他再問。

「無日。」她在心裏響起的回答竟變成自己耳邊能聽清的聲音，這著實令人驚奇。

「這屬於神石杜鵑石的一種，世上十分罕見。你放心，你的回應只有我們二人能聽見，別人不會知曉。而你不想讓我知道的事，我也不會聽到。」他見她露出驚歎之情，連忙補充。

「你想幹什麼？」她問。

「我是來幫你的。我討厭蒼龍，可我喜歡你。我不想你白跑一趟，你想想看就算你找到無日，你也要跟他解釋清楚原委，他才肯出山。我給你多一塊聽心石，你就可以跟他溝通。」屠虎回道。

狼女不敢盡信他的話，以他和蒼龍的恩怨，他真的會幫自己嗎?況且，她對世俗男女之情依然陌生，完全沒把屠虎說的「我喜歡你」多放心上。若問她這句話的輕重，她實在掂不出個重量。經歷了蒼龍的表白後，她只知自己不會對此特別驚訝，也不會特別激動。

「我為什麼要相信你？」

「在牡丹樓我已救過你一命，我若是想害你，就不會這樣大費周章。而且逃出來後我本可殺掉蒼龍，可我也沒有這樣做，這都是因為你。」

狼女似被說服，對他漸漸放下戒心。

「我該怎麼稱呼你？」他一直不知她的名字。

狼女愣住。其實她也不清楚自己叫什麼，別人總笑她是啞巴、瘋子，只有蒼龍正經地喚過她小狼，可她不想聽見別人這樣喊她。

「要是想不到名字，我替你取一個怎樣？」屠虎問。

「狼。」她突然作出這個字的口形。其實她對名字沒太大執著，好不好聽，合不合適，她都不懂，只是無論如何，她都想保留這個狼字。

「狼？你叫狼？那不如我叫你狼兒，好嗎？」

「你喜歡就可以。」在她心中，無論他叫她阿豬阿狗，於她而言，都沒有差別。可是，比起「狼兒」，她還是喜歡「小狼」。

「狼兒，你趕快拿著聽心石去找無日吧，這樣他才知道你想做什麼。時間緊迫，我們有緣定會再見。如果途中有什麼困難，你隨時捉緊石頭呼喚我，我會立即出現。」他露出難得可掬的微笑，再把另一塊石頭放在她手上，然後向她道別。他不打算阻她太多時間，只想恰到好處地給予她幫助就夠。

「謝謝你。」狼女回以一笑。

狼女繼續按照蒼龍告知她的方向走進山林中那些看似不是路的暗道泥地中，拐彎後又見一彎，單是十字路已出現了九回。若沒他事先細心提醒自己該怎麼走，怕會迷路死在一個沒人會經過的地方。可她不會放棄，她怎樣也要到達御山。

無日所待的御山，是因鳳尾蝶在退隱後作了一個幻夢，經一位臉龐被長髮分為左右黑白二色的仙人指路後找到的秘境。準確的定位就是天神山天神河源頭向東下流時蜿蜒流經的第七座山。據說天神山山脈包括中央天神山共有二十九座山，東南西北四個方位沿途各有七座山。天神河的長度正是從天神山頂端開始計起向東流到第七座山御山後突然轉彎向北逆流上過七座山，再轉彎往西流經七座山，最後轉彎再向南流回天神山山底為止。天神河也成了難得一見有棱有角的河水方形流線，包圍著天神山山脈，而且它河水水源和終處同出一地。它也是把天界人界切割開的界線，只有和神仙有緣有來往的凡夫俗子，才可看到天神山山脈。而若要進入天神山山脈，本身沒有仙緣的話，要由有仙緣的人指路，加上天時地利人和三者皆出現才可。故從天神山出者易，要再入者極難。

由於常人難以看到天神山，於是更沒有人能發現御山的奇妙。此山仙氣不如天神山鼎盛，但因依然受到天神河仙水滋潤，加上河水上流的奇特衝力，所以很多仙界植物，珍禽異獸和奇岩異石都能在這找到。御山作為河水逆流北上之轉折點，令此處形成奇異的日夜顛倒之象，外界晨光初起時它日漸落，旭日當空時它夜漸深。

鳳尾蝶直覺這日夜顛倒的暗示是仙人對兩位徒兒的眷顧，又或者兩位徒兒乃天界神仙相關之人，所以才讓他能夢到指點去到此等秘境。無日和極夜隨他到達此地時，都露出讚歎之色，然而又暗自覺得這裏此曾相識。而「御山」之名由鳳尾蝶而取，是想表達對天神掌控天下，尊敬崇拜的意思。

由於這裏地勢奇罕，人傑地靈，水可逆流，便無所不能，凡人在此練功皆可事半功倍，故鳳尾蝶不准徒兒泄露此地予外人知。他死後，無日和極夜出外闖蕩江湖，直至拿到《亂天之經》後再回到御山。之後無日就在此長住，未有再出外。他長期飲用仙水吸收靈氣，本質早已和半仙無異。而無日其後更發現這裏是修練《亂天之經》的絕佳地方，因為這裏正是世間唯一水流逆向之地，正合《亂天之經》的本意。於是，蒼龍也一直在這裏喝著天神河水成長，故此他的抵抗力和體力都勝於常人許多，加上天賦異稟，是千古難得一見的奇才。無日當時覺得這真的是天時地利人和皆助他的絕妙機會。

屠虎本也在這裏長大，喝過幾年天神河水，但當他選擇離開師門時，就被無日洗走部份記憶，令他只記得御山大約方向，但不可再找到確實地點。

狼女在走到夜深時想停下來休息，忽見前方有灼眼的光線，她以為光源很近，於是繼續走，但好像怎也到不了那光源所在。到她被光線刺得頭暈眩目時，她就倒在地上。在不知過了多久後，她睜開眼睛，見到自己躺在白茫茫的地上，周遭亮如白晝，她就覺得自己睡了一個晚上。她沿著斜坡向上爬，終於見到蒼龍口中無日與他住的御靈洞，洞前正是有道雕著兩條巨龍的灰白石門。她想著無日定是在內，但未趕及上前敲門，已有道無形的鐵壁擋著她。

「是誰？」洞內傳出一把低沈男人聲，語氣有些許不耐煩。這兒好久沒人來打擾，所以他非常警惕。

狼女著急無法回答，只好用匕首敲地出聲音。對方沒有回應，她就敲得更用力。

「我問你是誰？」他聲音中稍有怒意。此地若非有仙緣之人，按照今日之天氣，不會有人闖得進來。

狼女心裏焦躁，卻嚷嚷不出個意思。無計可施下，只好嘗試用刎血匕首劃破那不知有多厚的鐵壁，誰知一刀即成，她接近洞口，但這惹得洞中主人立馬出來阻擋她前行。狼女未見人先捱了一掌，抬頭時，無日已站在她面前。他長得神清骨秀，氣宇軒昂，甚有神仙之氣質。除了髮尾有幾條白髮外，看上去就和三十來歲的男子一樣，像蒼龍哥哥多於似他師父，一點都不可得知他真實年紀。這應是長期飲用天神河仙水加上練功而得到的效果。但他眉如雙刀緊夾，威嚴可畏，狼女一下子被他的氣勢震攝沒法給出任何回應。

無日看見她拿著蒼龍的刎血匕首，立刻想到她可能是蒼龍提過的狼女。至於為何刎血匕首在她手上，他不得而知，但也想到徒兒可能出大事了才會把不可說的師門秘密說出來。比起問她為何能來到這裏，他更關心徒兒情況。

「蒼龍怎麼了？」他問。

狼女把聽心石遞給無日，望能盡快訴說明白來由。無日一看這是屠虎最愛收集來改裝為聽心工具的杜鵑石。猶記得當時他離開時只要求把山中最大的一顆杜鵑石搬走，無日更覺得此女子殊不簡單。怎會一下子兩位愛徒的寶物都在她手中出現？但見她雙眼楚楚可憐，打扮樸素，滿身都是泥水野草，千里迢迢到來，似不是有惡意。

他接過聽心石，聆聽狼女的話，得知蒼龍情況後馬上準備出山救他。他打算以內功接通狼女，讓自己能聽到她聲音，誰知一握她的手探脈時他已察覺異樣。難怪她可順利進入此山。無日平生未曾表現得如此驚訝，此時想冷靜亦難。狼女瞧他握著自己手時臉色突變，心生慌張，但未幾，無日決定不發一言放開她的手。他先回洞拿了點藥草，出來後在空中比劃出一朵仙雲，無論如何，先跟她去救了蒼龍再說。畢竟蒼龍無論多無敵，他的肉身仍是凡人之軀，難逃一死。

第七章

無日和狼女趕到蒼龍所在的山洞，狼女急著先跑入洞，無日也察覺她背上有和徒兒相似的龍紋身，不同是牠在奔向一個月圓。洞內只見蒼龍躺在床上，臉色銅青，嘴唇慘白，看似已無生命跡象，但無日深信他是在用自己教他的龜息慢生法來詐死，減慢毒素侵蝕五臟六腑的速度。狼女卻以為自己來遲了，腿一軟跪在地上欲哭一般。

「他還沒死。」無日立刻說道。

他扶起蒼龍，探了探他鼻息，就開始運功救他。他脫去蒼龍的上衣望內功能完全滲入他體內，赫見有新的紋身在他左背上，這一頭讎敖狼，就是她吧。可他目前無暇顧及此事，無日馬上先打通蒼龍封閉的內息，然後調適他的內經運行，這樣讓體內的毒由無形變回有形，更易擊破。蒼龍的意識依然在昏迷之中，狼女只可以站在一邊看著，什麼都幫不了。

過了一個晚上，無日還在用力為蒼龍運功，蒼龍吐了數次黑血，卻沒睜開過眼睛，而中途無日睜眼開口過一次，吩咐狼女去燒一大桶能讓蒼龍浸泡在內的熱水。狼女本坐著累得打瞌睡，一聽到無日的話，就立刻走去燒水。

她在出外生火期間瞥到有人在偷瞄她，掃視一周後又見不到人影，可回頭一看，火不知受到什麼助燃，忽然燒得很旺。她下意識覺得那不肯出來的人是屠虎，但沒打算逼他現身。

在狼女出外燒水期間，蒼龍漸漸恢復微弱意識，無日開始用心語跟他說話，免得被狼女聽見。

「徒兒好點了嗎？」無日問。

「好點了，謝謝師父趕來救我。」蒼龍回。

「你在接下來二十一天裏還要泡在我每天特調的藥澡裏，才能讓綿裏針毒掌和化骨融肉針的毒完全排出體外。」

「知道，這次真的麻煩師父了。」

「我看見她了。」

蒼龍知道她是指狼女。

「徒兒魯莽，擅自告知她御山位置，打擾了師父修行，十分抱歉。」

「這也要她真找得到才厲害。你也懂，御山不是誰都能找到。我那時在你向我提此人時不解情況，誤以為她只是個普通女子，可如今一見，方懂你如此迷惑之因。」

「還望師父指點迷津。」

「你聽好了，你之所以無法傷害她，甚或愛惜她，乃因為她是你的心宿心月狐，也就是你的心。因此，她失聲了，你還是能聽得到她的心聲。她不是一個人，而是一顆化為人形的星宿。一個人對自己的心正常都下不了手，因為心一死，人也會死。她出事，你也會有感應。」

「心宿心月狐？」蒼龍聽得糊塗，怎會有個人是另一個人的心，心不該是拳頭大小的一樣東西嗎？

「蒼龍，我一直沒跟你交代你的身份，現在是時候要道明了。從你出生後我第一次看到你時，就知道你是東方七星宿之主蒼龍的轉世。至於為何作為上品星官的蒼龍會忽然轉世為人，我不得而知。可是正因你是東方七宿之主轉世，我替你取名為蒼龍。之後我參悟出東方蒼龍的人形化身就是世上唯一能練成《亂天之經》的人，別人道行如何高深都只會把它練成魔功，所以才堅持要你練功。原本以你的身份，身上應有由木、金、土、日、月、火、水七種元素各自守護的星宿，一切該是順利無阻的。但偏偏在我找到你時，由月所守護的心宿心月狐已不見。你沒有心，卻照樣能哭能叫能呼吸，這是由於你的特殊體質令你雖是無心之人，也能存活無恙。不過，正因為沒有了心宿，你的心神容易不定，練功時才會如他人一樣受到魔念入侵，導致你人格分裂。我一直未逼你練就全章，也沒急著找秘籍的下半部，就是因為不知你心宿何在，怕一不留神拔苗助長，你先成魔了。要令你真正練成《亂天之經》，最大的關鍵就是找回心宿。」

蒼龍一路聽著無日的話，一路試著理解，什麼東方七宿之主，什麼轉世，什麼心月狐，對他來說都是陌生的詞。但他覺得重點的是，現在找到狼女了，自己好像就有救了。

「那狼女出現了，是不是代表我能有回心了？」

「一直以來你之所以在月圓之時會恢復本性，原因就是你的心宿是由月來守護，月圓時能量最強的蟾光照進你的心洞，淨化了魔性。如果想在其他日子也不被魔性一面主導，就一定要讓心宿自願回到她該在的位置。」

「那該怎麼做？」明明此時的他不受月圓影響，該是由魔性主導，他卻不假思索問出要摧毀自己的問題，無日已覺不妙，她連魔性的他都收服了。

「她既是心月狐，就不是普通人，只是以人的形態活在世間。只要她比你先死，她死後就不會消散，而她若對你沒有恨意，就會自願回到你的心房。」無日道出重點，狼女的肉體要破，也要對他沒有恨意，心宿才可歸位。

蒼龍一聽立刻又激動吐血，無日馬上出掌穩住他凌亂的呼吸。她要死？她怎麼可以死？她不是自己的心嗎？

「蒼龍，告訴我，你身上的紋身是不是她紋的？她身上的紋身是不是你紋的？」

「是。」蒼龍的聲音幾乎無力卻依然堅定，他想讓師父知道，她不能死。

無日吁唏，他記得自己曾囑咐蒼龍，紋身不能隨意紋，一紋就是一生。二人互把代表對方的動物紋在同一位置，蒼龍還畫了一個月圓在她背上，那份情意不言而喻。而且，蒼龍竟把父親給他的唯一遺物刎血匕首都送給了她，這亦是對她不需解釋的重視。

蒼龍和狼女有定生緣，它是主人和心宿的關係。所謂「定生緣」就是人和人之間生已註定的緣份，不可改變，或深或淺，正如誰是誰的父母，誰和誰有血緣關係等，誰是誰的心也屬一種，只是非常罕有。但因為這樣與生俱來的親切感，令他們相遇後就不可分割，後漸生了時緣和情緣

——「時緣」是人和人之間相處時間的長短，隨時而生，隨時而滅，有長短定律，最短為一剎

那，最長為永恆，時緣長則深，短則淺；「情緣」是個人情感交流的修為，因人而異，不隨時間長短定深淺。很明顯，二人三緣之中，或許唯時緣最淺，其餘雙緣皆深。蒼龍無法傷害狼女，不單單因為她是自己的心，也因為他已深愛她。

「我可以坦白跟你說，除了她比你先死，讓心宿自願歸位，要不然你的心就回不來了。」

「只要她不離開我，我沒心也可以。」他認為維持現狀也無不可。

「可你有沒有想過，你現在或許以她為重，受她在身邊的影響，在她面前能以本性待她，但魔念以靜制動，讓你以為它放棄掙扎，但隨時會起異變。她單單守在你身邊未必能完全控制住你的魔念，最後反令你和她都有危險。加上你殺她狼族親人的仇未報，她也可隨時離開你，到時你後悔就來不及了。」

蒼龍不語，無日說的沒錯，他現在暫時似純良了不少，魔性一面為了狼女隱忍了好一陣子，至少在狼女面前沒有再失控過，。可他根本拿不準自己的情況，稍有差池，狼女就會受傷。而且，他其實一直很怕狼女會忽然離開自己。

「我是為你好，才把實話告訴你。說實在，以你現在的模樣，已經練不成《亂天之經》了，故此我只想讓魔念早日遠離你，換你餘生平安。」無日無奈道。

「為什麼？」

「首先，就算心宿歸位，你要練成最高等級的《亂天之經》，就要先絕情棄愛，你覺得自己辦得到嗎？另外，要放棄《亂天之經》也並非易事，凡人不可放棄，你可以，但前提是心宿得在你心上才能放棄。」無日也很泄氣，苦心想養出世上唯一一個能練成《亂天之經》的徒兒，到頭來都是一場空。

「師父，真的別無他法嗎？」蒼龍感到前所未有地絕望。是她令自己感到快樂幸福，若從此再見不到她，就算有心，他還能快樂嗎？

「你動不了手，我可以幫你。」

「師父！不可以！」蒼龍用幾近哀求的語氣喊他，他沒有這麼著急地向無日說過話。

「你先別激動，目前你要把內傷養好，其他事再作打算。」無日知他一定不會允許自己這樣做，為讓他安心養傷，就先要他冷靜。

「答應我不要傷害她。」蒼龍再求他。

無日選擇沈默。

此時狼女擔著兩桶燒好的熱水進來，雖然她未必能聽得見，但師徒的對話戛然而止。她把水倒進大木盆裏，之後又出去擔新的熱水。看見她如此誠誠懇懇忙活的模樣，無日也知她對蒼龍是有情有義的，只是要真正救贖蒼龍，除掉她亦無可奈何。

當狼女在木盆倒滿熱水後，無日和她一起把蒼龍抬進水中，無日把帶來的藥倒進去，他的手指在水中輕輕一劃讓水變成碧藍色，蒼龍雙目緊閉，全身漸漸散出黑煙。

「每天要換水一次，換水期間，我還是會運功替他清毒，這樣反覆做二十一天他才能完全康復。」無日向狼女說道。

狼女點頭示意明白。

「你能告訴我你的身世嗎？」無日止不住好奇。

狼女抬頭看了眼無日，想到他在御山那異樣的神情，就有點害怕。

「別怕，我只是好奇，不會對你做什麼，所以直說無妨。」

出於怯懼，她不敢有所隱瞞。狼女把自己在泰山狼群中從天而降的事蹟，以及其後在狼群中長大後統領狼群的事告知無日。這些事看似奇幻，但無日一聯想到她乃心月狐，那就說得通了。心宿座下還有兩個下品星官，一個是心，一個是積卒，心是蒼龍的心，也有看穿萬物心意的能力；積卒是軍隊之意，主宰戰力，好戰強悍，非敗不死，和狼女性格相符。而她能統領狼群，懂讀牠們心思，受牠們保護，也和她本是天神的身份息息相關。當然她能到御山，也是因為自身的仙緣充足。

無日聽完她說自己身世後只是一笑而過，沒再追問什麼也沒向她談及其他事情。

「你想蒼龍死嗎？」無日問。

狼女呆了一下，之後拼命搖頭。

「我是指他魔性的一面。」無日補充。

狼女怔住，雙眉一皺，她想點頭，可又不知為何有不祥預感制止她這樣做。

無日見她猶豫，就沒再跟她說話，走去一邊盤坐休息，今日為蒼龍付出了不少心力，他也累了。

狼女看著在木桶中療傷昏迷的蒼龍，不知何故覺得很孤單無助。洞裏明明有三個人，但好像只有她一個人在。她希望他能早日康復，可聽到無日的話後又心生不安，一時之間只想蒼龍醒來抱著自己。她走到他身邊，坐在一張木凳上端詳著他，還伸手摸了摸他冰涼的臉，只盼他會張一張眼喚自己一聲「小狼」。可她不知無日的藥封住了蒼龍的五感，讓他能不受外物打擾專心調理。望著紋絲不動的他，她只想到寂寞兩字，不覺已淚眼濟濟，自己像被他隔絕了，距離前所未有地遠。

每天她除了燒水換水，替他抹一抹身，也不敢長待在洞裏和無日共處。這個月的月圓之夜，夜色無纖塵，明月皎潔，他卻不在自己身邊。這種寂涼的感覺令她感覺自己身上好像缺了一塊般。在跟蒼龍一起這段時間以來，他們從來沒有分開過這麼久，她也從來不知道當他不在時，自己會是什麼樣的心情。原來是這樣難受。她躺在樹上隻身看月亮，就在此時，一個黑影出現在她旁邊。

她馬上彈起身，有一刻她以為善良的蒼龍來了，但她只見到站在樹尖上的屠虎。她眼中閃過的失望，屠虎都看在眼裏。

「你還好嗎？」他問她。

狼女只是低頭別過身去，但他一步步走近。

「秋意來襲，別著涼了。」他把披風蓋在她身上。

她轉頭看了他一眼，像是想道謝又不好意思。

屠虎打了一個響指，二人周遭就有了燭光圍繞，她沒看過如此溫柔的燭光，它點亮了黑暗，卻不似火的本性般熾熱，而是恰好地送著暖意。她也懂得他想告訴自己，這幾天一直默默為自己生火的人，是他。

他又遞給她一塊聽心石，她自然地接上手，此時她注意到他頸前多了一條項鍊，掛著的就是那狸力的爪的其中一部份。

「有什麼不開心，就跟我說吧。你跟我說的所有事情，都走不出這個燭圈。」他許諾不會泄密。

或許是真的很想找個人說話，或許是因為覺得他似是真的很在意自己，狼女顧不得他和蒼龍的恩怨，只想盡情抒一抒悶氣。於是二人從天黑談到天亮，狼女把她和蒼龍之間的愛恨情仇都告訴了屠虎，從他屠殺了狼族，到他訓練自己，他為自己紋身，再到他捨身救自己，一概不漏。屠虎只靜靜地聽著，沒有多作回應。狼女透露現在她感到空洞，不知該如何自處。屠虎就把手搭在她肩上拍了拍以示安慰，之後二人對視了一眼，她想著心愛的蒼龍，卻一頭倒入了屠虎懷中。屠虎輕輕地撫摸著她的頭髮。

屠虎一方面沈浸在對她的戀慕中，一方面分析著她和蒼龍的情誼。蒼龍從小無心一事他是知道的，他亦見識過蒼龍人格兩面分裂的情況，所以按理說蒼龍不會對人起愛慕之情，現在他這樣是不尋常的。有一種可能性就是狼女實是讓蒼龍有心的關鍵，若是如此，那擁有了她，就等於擁有對付蒼龍的致勝武器。無論自己推理對不對，他都想把狼女弄到手。

「狼兒，我能再來找你嗎？」

狼女覺得有個人陪自己談心聊勝於無，就抬頭向他點點頭。屠虎在她額上留下淺淺吻印後就離開，狼女忽覺心猿意馬，搞不清自己想做什麼。

屠虎在上次牡丹樓的事後得罪了西廠的人，但此時他主動前去找魔羯賠罪，並擔保自己能把秘籍上半部弄到手。表面上是示好，實是不想他們派人追殺狼女。

「你覺得我會再信你？」魔羯戴著半邊鏤銀面具嘗試遮住那條錐心的疤，但心中的傷無法癒合。他恨透了她。

「大人太小看我了，上次之所以忽然變卦，實另有所謀。」

「你那天把西廠的人玩弄了一遍，汪總管已震怒萬分，現在還想再唬弄我？你當我是傻子嗎？」

「大人先息怒，不入虎穴，焉得虎子？蒼龍的頑固大人有目共睹，來硬的不行，就該來軟的。」

魔羯倒抽一口氣，喝了一口茶，示意屠虎說下去。

「這段時間蒼龍正在養傷，無日也出關了，而我趁機接近了那天在他身邊待著的狼女。」

魔羯嘴角揚了一下，想著這屠虎還真的有一手，就饒有興致聽著。

「她現在跟我挺親近的，還跟我說了很多話。我敢擔保要是她願隨了我，蒼龍一定會把她搶回來。到時我以秘籍上半部作交換條件請君入甕，他也會從，可到時怕是女的已是變心難追回，我們就可把《亂天之經》和蒼龍同擒。」

「你說得倒好聽。」

「大人可先待我把狼女接來了才選擇信不信我，這總比再派人去貿然挑撥划算。」

「我怎知道你是不是私心作祟，早和他們聯成一線？別以為我看不出來你對那女的很是在意。」

「大人，你的敵人不是狼女或蒼龍，而是想死灰復燃的東廠。他們要《亂天之經》不只是想對抗你們，而是真的想找人練成它。大家憂心的是就算有人只練成上半部《亂天之經》，都足以對皇上的管治造成大災難。東廠的野心在幾十年前已發酵，大人或汪大人如果真的想一了百了，替皇上和天下除掉後患，就該把《亂天之經》毀掉。恕我直言，想練此功的人都沒好下場，任何嘗試皆是徒然。只要我們把多年未曾流傳於世的《亂天之經》上半部弄到手再一把消滅，其實世上就不會再有人能練得成此功。東廠也必定要死心了。到時候我們再殺掉蒼龍，那麼《亂天之經》的下半部不去找也罷。這樣豈不省事？」

「要我聽你的，你是不是該有點表示來證明你的忠心？」魔羯看著屠虎。

屠虎回以自信一眸，作揖道別。幾天後，魔羯就收到消息，奇虎門成功偷襲東廠於山東的秘室，把一部份東廠私藏的《亂天之經》下半部弄到手。屠虎特地找人寄了幾章給魔羯。憑著這一步，東廠秘密收藏《亂天之經》下半部而不上呈的事得以敗露，東廠總管尚銘推副手洪野葳擋來這一箭，讓自己免被革職，洪野葳則遭處死。西廠在此事邀功後勢力進一步壯大，汪直和魔羯也相信屠虎應是有心幫助西廠之人。

與此同時，屠虎一直去陪狼女談心，二人關係越見信賴親密。屠虎知蒼龍快要自藥澡中出關，就打算慫恿狼女跟自己私奔。

「狼兒，我知道我這樣說你或許會錯愕，可我是真心想和你在一起，因為我愛你，想保護你，想帶你遠離一切傷害苦痛。只要不再見到蒼龍，你就不會這樣難過了。跟我走，和我一起生活好嗎？」

狼女承認這段時間屠虎的出現確實令她得到慰藉，甚至是依賴，每晚她都想見到他，他總是像個兄長一樣照顧自己，可她真的沒想過自己對他是什麼感情。是親人還是情人，她說不清。只是她很確定，他不會對自己忽冷忽熱，忽好忽壞，他不會突然分裂成第二個人。

「狼兒，我懂你要考慮一下，我會等你。」見狼女沈默，屠虎識相地稍作讓步。

狼女其實不願在蒼龍蘇醒前做出任何傷他的事，而且無日那個問題的弦外之音她還是未弄明白，目前她真的無法做決定。

「給我點時間。」她回答。

「沒問題。狼兒，但你千萬要記住我跟你提過，無日這人不簡單。他一生只為成就他師父的遺願，他不可能讓你和蒼龍一起的。而且，蒼龍時好時壞的情況你也懂，到底他最後會不會入魔還是個未知數。饟敖狼族那麼多冤魂的仇未報，我只是不願你背負太多苦。」他把話說得貼心動人。狼女入世未深，她唯一相處過的男人對他時而愛理不理，時而痴心情長，難得遇到一個一直為自己著想的人，她當然感動。

她這陣子都會問自己，之所以喜歡月圓時的蒼龍，是不是只因他是第一個對自己好的男人？若是出現一個一直都能這樣對自己好的人，不必讓自己猜度他的心情和行為，那她是不是就會移情別戀了？

屠虎見她在認真思索，就猝不及防地去吻她的嘴，她本想閃開，但他的熱情將她的嘴完全鎖住。熱吻後，屠虎就對她滿意一笑離開，餘下狼女在驚訝和狂熱中不知所措。一陣涼風劃過她滾燙的臉，她眼中竟起了淚意，感覺似做錯了事。

轉眼間二十一天已過，蒼龍在日落後就可出浴，無日卻一直惦記著要替他暗殺狼女一事。機會只有一次，要是事敗了，她就會恨蒼龍一世，到時也就得物無所用了。無日找著機會把狼女叫到自己身邊，狼女戰戰兢兢地走近，既是敬畏也有點心虛，下意識還感到一絲不安。

「狼女，我不知道這事蒼龍有沒有跟你解釋過，當初他之所以對狼族大開殺戒，是我告訴他，他需借狼血壓制著自己性格分裂時會造成的內傷。饟敖狼的血是唯一具備這靈性的血液。這事對你傷害很大，我知道他也耿耿於懷，我只是替他還你一個說法。」

狼女其實也沒再深究當中的原因，她連自己是否還恨他都不清楚。

「狼女，你還記得我之前跟你提過，要殺掉蒼龍魔性一面的事嗎？」

她點點頭。

「我思索了好久，到底該不該讓他繼續練功，可最後我也覺得讓他恢復本性才是最好的做法。如果不想他繼續受折磨，就得越早下手越好。」無日以真誠的語氣說道。

「要怎樣讓他恢復本性？」狼女問。

「你先回答我一件事，你愛他嗎？」無日問。

狼女陷入深思，她到現在其實都不懂什麼是愛，蒼龍說愛自己，屠虎也說愛自己，可她一個「愛」字都沒對他們說過。她原以為自己愛的是善良的蒼龍，但屠虎的出現令她猶豫了。老狼王說牠一輩子只會愛一次，她便以為這是必然的事，自己會和牠們一樣，但何以現在自己竟如此混亂？

「那你恨他嗎？」無日見她躊躇，就再問。

「哪一個他？」狼女回。

「月缺的那個他，魔性的他。」

狼女眼角忽然滴下淚，她也是不知不覺落淚了。因為什麼流淚呢？她想起了很多事，許多蒼龍和自己的事，此時她才了解到自己不恨他，恨不了他，哪一個他都恨不了。

就在她失神之際，無日忽然出掌，狼女來不及反應中了一掌，整個人被彈上半空，但在她快墜地之前，背後忽然有股力量頂著她。她嘔出一口血，一臉惘然，不明無日的用意。

「師父！」她後下方傳來蒼龍的聲音，她回眸，見他上半身濕透，該是剛從藥澡中抽身出來。

在無日開始問狼女問題時，蒼龍已漸漸能聽到外界的聲音，但身體依然不可動彈。他知道師父的目的，但只可心急如焚，但在狼女流淚的瞬間他如得神助，顧不得最後一口綿裏針毒氣未散而入了骨，就頑強地從藥湯中抽身出掌消弭無日的掌力保護她。

「我說過不許傷害小狼！你怎可偷襲她？」他不想對無日無禮，但他實在忍無可忍。

無日見蒼龍怒不可遏，無計可施下只好放過狼女，免得消耗蒼龍勉強剛恢復的體力。

狼女因而失重墜落，蒼龍連忙接住她。因為蒼龍剛受到巨大的刺激變得憤怒，他一出浴眼珠已是混沌的顏色。狼女剛剛受驚受傷，又見到他兇惡的眼神，怕他失控怕他攻擊自己，瞬間感到無比惶恐，只好掙脫他驚慌地跑了出洞。

蒼龍一時間無法提勁追她，只能垂著頭跪在地上心酸無助，悱惻難舒，也不知該把怨氣發在誰身上。

看到蒼龍這個失落痛苦的樣子，無日沈靜的臉也露出了一絲愧疚。

「是我低估了愛這一個字啊。」無日歎息。「蒼龍，我錯了。」

蒼龍無力地看著無日，一向不會錯的師父認錯了，但一切皆是枉然。狼女要是不回來，他活著還有什麼意義？

無日忍不住走過去扶起蒼龍，他為救狼女，未來得及完成整個藥浴的療程，綿裏針的毒不幸入骨，現在心宿又離他而去，生命可謂危在旦夕。

「蒼龍，你先振作起來！如果沒了性命，如何把狼女追回來？現在我們只能去一趟西藏求一絲薄望了。」無日其實已預備萬一殺不成狼女，該怎樣去救蒼龍。

他說的是世間上唯一能徹底淨化萬物魔性的神物「元珠」，「元珠」現在就在西藏一名高僧天外手上。無日希望為蒼龍求得元珠，不管要多大代價，但他深知成事的機會著實渺茫，只是事到如今，也只能一試。

「我要先找她。」蒼龍不在意自己活不活得下去，但他怎麼都要再見狼女一面。就算自己死也要死在她身邊。

第八章

狼女在被蒼龍和無日嚇得逃出去途中，剛好碰到前來找她的屠虎，他見她嘴角有血，急問原因。狼女告知他無日攻擊自己一事，那一掌幾乎要了自己的命，蒼龍雖救了自己，卻露出她最害怕的眼神，她當下徬徨得只想逃跑。屠虎聽後馬上抱她入懷給予安慰。

「別怕，有我在。」

「我想跟你走，我不想再留在他們身邊了。」他輕輕呢喃。

狼女突然想通無日之所以對自己起殺意，是因為他由始至終都沒想過要殺掉魔性的蒼龍，他的詢問只是想試探自己。蒼龍也說過放棄練功是不可能的事，作為他師父，無日怎可能突然提出要殺掉魔性蒼龍。在他知悉自己對魔性蒼龍的敵意後，就想除掉自己這個障礙物，好讓蒼龍能好好練功。屠虎也說過他們師徒的感情深厚，蒼龍即使說過會保護自己，也不敢背叛無日的意思。方才蒼龍說他叫過無日不許傷害自己，就代表他們其實一早就有計劃幹掉自己，再待在他們身邊只怕會再惹殺身之禍。

屠虎對於她的決定當然欣喜，不用自己再多做什麼，無日已成了從蒼龍身邊趕走她的符咒。看來任蒼龍再努力，看來都難以挽回她的心了。

「小狼……」在屠虎正欲開口時，耳邊忽然傳來蒼龍找狼女的急切聲音，狼女驚魂未定，怕得抓緊屠虎的衣袖。

「別怕，我們先別跟他對峙，他知道我在的話定會很生氣，現在他體力稍為恢復了，萬一他動真火我們就糟了。聽上去他現在是獨自一人，我先躲在這樹林附近觀察著，你引他過來我這裏，看他想怎樣。一有危險，我馬上會衝出來保護你。」屠虎囑咐，狼女點點頭。

蒼龍一邊叫一邊找狼女，終於找到她。她看了蒼龍一眼，就裝作害怕往後退，把他引到屠虎埋伏的地方。

「小狼，你別走，你先聽我說……」蒼龍急欲解釋清楚，狼女也停下了腳步。

狼女漠然地看著他，眼神依然閃爍著恐懼。蒼龍滿頭大汗，心焦躁得快要把自己燒融。

「對不起，我再次讓你受傷了。我一時之間沒法將整件事的來龍去脈跟你說明白，師父對你動手是有很複雜的原因，我一定會向你解釋清楚。可現在我們有更急切的事要做，我要跟師父去一趟西藏找元珠。明天一早我們就要出發，你跟著我們去，讓我向你解釋所有因由。只要這事成了，我的魔性就能被徹底淨化。我就不會再有可能做出任何傷害你的事。相信我，只要成功了，就不會再有令你害怕的事出現。」蒼龍懇切說道。

狼女對此半信半疑，畢竟她對自己是心月狐一事全然不知，也不知自己是消除他魔性的關鍵，更不知無日早就不苛求蒼龍練功。在被蒙在鼓內的情況下，她只希望他們不要忽然襲擊自己。也因此，她不想跟他們一起去找什麼「元珠」，不想待在他們身邊。她擔心這是他們另一個圈套。

他懂她對自己的信任再次崩潰了。

「小狼，我知道你嚇壞了，我也很生自己的氣。要是你不想跟我們走，可不可以答應我在這裏等我？等我回來後，我發誓會給你一個交代。」他走近她，捧著她不敢直視自己的臉說道：「小狼，我愛你，我很愛你。無論是哪一個我都一樣，你早就把全部的我征服。我曾多不願承認也好，多不想面對也好，這是事實。過往我鑄成的大錯，讓你現在這樣怕我，一切我都能理解。所以為了挽回你，我會用盡全力，把原本的我還給你。」

狼女腦裏一片混沌，她怕他再說下去，自己更加不知所措，就望著他求他給自己時間獨自想想。蒼龍只好答允離開，而屠虎默默在聽到所有事後走了出來。

「你還想跟我離開嗎？」他知道此時逼她是適得其反，因她對蒼龍還是有感情的，不如讓她自己選擇，放手的仁慈可能令她感動。

「我該怎麼做？」她問。

「我讓你自己做決定。明天他們遠行，是你逃離的最好機會。如果你真的想走，我明午備好馬來接你。如果你不想走，你可以繼續在這裏待著或隨他們去。」

狼女點點頭，屠虎決定先讓她自己靜靜。狼女逕自在林中想了一晚，把自從跟了蒼龍以來的點滴重溫了一遍，又把屠虎對自己的好回味了一遍，到頭來什麼都想不透。可她不敢回山洞，她還是怕，早上無日想置她於死地一事依然歷歷在目，而當她一想到這兒，她似是能做出決定了。

第二天一早，她回去了山洞，蒼龍和無日已收拾好行裝準備出發。蒼龍見她回來了，高興得走過去抱緊她。狼女沒有太大反應，只是直愣愣看著他。

「這次出行，成功治好心魔的機會大不大？」

「不大。」蒼龍眉心緊皺，不敢騙她。

「那你要保重。」她淡然。

「你不想跟我們去？」

「不了，他對我有殺意，還是不去了。」她瞥了眼無日。

蒼龍其實也覺得她不跟著去會安全點，畢竟他和無日都不知此行成數多大，倘若拿不到元珠，說不定無日又想對她動殺機。而且無日說了，拉薩聖寺的佛力靈氣非同小可，必和自己體內魔念相生抵觸，自己也控制不了到時會發生什麼，狼女要是出什麼事的話，就一定不會再相信自己了。

「那好，你在這裏等我回來，可以嗎？」蒼龍懇切道。

狼女點點頭，卻不敢直視他。

蒼龍看著她的神態隱約有點不安，他著急想親她的臉，最後只是敢把焦灼化為在她臉上溫柔的撫摸。她是他的心啊，也是他的命。

狼女握著他的手，深深地看了他一眼，卻提住自己不能哭。

「我們走吧。」無日打斷他們的依依不捨。

蒼龍也就趕忙跟著無日出發，只要視線能及，他還是痴痴地看著她。狼女在山洞外目送二人遠去，心中百感交集。

蒼龍乘著無日用來代步的仙雲以最快速度一起到達拉薩，甫一落地蒼龍已覺頭痛，呼吸不順，似是有人在使力壓著他的頭。無日只得先用內功鎮住蒼龍的不適，實際上此地空氣清新，天藍地綠，任何人來到應會覺得心曠神怡，奈何蒼龍體內魔性未除，反遭受磨難。

隱世高僧天外寄居在色拉寺中，他行事低調，自出家以來一直只專注做一件事，就是修煉世間最純淨無染的元珠，以淨化最怨毒惡劣的魔念。他生在平常人家，可很早已覺悟要出家為僧，佛緣極深，悟性極高。他本在中原學佛，專心煉元珠，可即便用了滓溟為原料（意指把天下最清的水放在以天下最枯的木燒成的天下最烈的火上熬足八十一天，最後再把所餘精華滴進最乾的土中，那塊土就叫滓溟），元珠還是未成形。後因耳聞拉薩色拉寺中有一塊能照清人前世今世來世的「六道輪迴三世」鏡，就特意前來隱居。在他看清自己前世的種種後，據說竟得到煉成「元珠」的藥引，自此就一直守在它旁邊。元珠能淨化一個人體內所有魔性，更可令人否極泰來，在孑然一身後重獲新生，擁有深不見底的內功，足以震攝天下。只是此等瑰寶，卻只認一個主人，就算強搶得手，也只會看到一顆含紅黃藍綠四色的圓球而已。只有遇到真正要淨化的人，它才會射出彩光，回歸本源，成為一顆通透無瑕的明珠。

色拉寺外的守門喇嘛得知二人來意後就去通報天外，一直以來想獲得元珠的人絡繹不絕，但全都無功而還，全因過不了天外用來試探元珠主人的關卡。眾人皆知此物不可強搶，特地來到無非是想來碰個運氣。

天外聽到又有人來，也就按照慣例請他們到自己的扎倉。蒼龍的不適感在進寺後越來越重，寺內僧人的念經聲像擾人的蜜蜂纏著花一樣在他耳邊回盪，佛鐘的撞木就像打在自己身上和頭上一樣，他不只狂流著冷汗，也開始打冷顫和發抖。無日看到他眼珠分成了兩個顏色，一清一濁，就知他現在定是神智渙散，內裏有兩股力量在較勁。

「撐住，我們很快到。」

天外有自己的一個扎倉，也是怕來者太多打擾其他喇嘛的作息。扎倉面積不大，大殿裏頭掛著各種壁畫、唐卡和經幡，甚具特色又不失莊重雍雅，但最搶眼的莫過於左右兩邊各六個的大金經輪，分別掛在六根柱子上。天外盤坐在蒲團上，一身樸素紅僧裙，右肩坦露，身形瘦削，面相穩重，年約四十來歲。就算無日和蒼龍進來了，都還是一直閉著眼，但能看出他在二人進來時的眼皮有一絲晃動。

「我知道你們的來意，誰想要元珠，就要把我座前左右的十二個經輪都轉動了才可。」他淡然說。這已是數不清第幾次有人想闖關，他早就練得心平氣和，以靜制動。多少人想以武力闖關，甚至想殺了自己取元珠，都是徒然。

無日見蒼龍體力漸漸不支，就打算替徒弟轉經輪，他運氣雙手一起，風吹得所有經幡都在晃動，不久後殿裏除了那十二個經輪，幾乎所有東西都在搖動。無日但覺不可貪心，就轉動雙手，改為逐個經輪去轉，但依然無法撼動任何一個經輪。看似容易的事，耗費了他大半體力後依然完成不了。

「師父，還是我來吧。」蒼龍眼中只能看見重影，但也知道師父已費了好大勁，不想他再傷神。

他打算走前時腿一軟，跪在了地上，可膝頭撞地的一瞬，他眼前的景物竟清晰了。他一口深呼吸後運勁，左右手同舉起，不知何處又傳來了一陣怪風，而更奇怪的是最靠近他的兩個經輪竟開始轉動起來，經輪上掛著的鈴鐺噹噹鬧起來，接著左右兩排經輪一個接一個全都轉起來了。天外此時睜開了眼睛，望著眼前這位他苦等多時的人。

「你們跟我來。」他還得去確認一件事。

無日扶起因運功而筋疲力竭的蒼龍隨天外入內殿，那兒有塊大銅鏡，正是「六道輪迴三世鏡」。一般人在鏡前能看見自己前世出現在鏡中倒影的右邊，或會記起些許前塵碎片，而瀕死的人照此鏡則能看到自己來世站在鏡中倒影的左邊。天外要蒼龍走到鏡前，蒼龍照做，銅鏡倒映出的不是他，而是他的前世－蒼龍星官。鏡中人束髮戴長冠，身穿玄青繡青龍的緞袍，腰繫鵝黃玉帶，手執一把有鑲嵌了七塊美玉的青龍長劍，氣宇軒昂。

「原來真的是你。」天外說道。

無日和蒼龍皆不解其意，此時天外站到蒼龍身邊，銅鏡照出的又是另一個和他打扮不同的人。鏡中的天外披著長髮，身穿松花綠袍，上有白菊花紋，腰繫冰藍玉帶，高雅淡然。

「是我前世欠了你命債未還，今世我得還好這筆債，來世我才免去要輪迴作牲畜的惡果。」天外說道。

蒼龍疑惑，什麼命債？他對自己前世完全沒印象。

「此事說來話長，還望二位務必靜坐聽完，方可了結此生困惑。至於元珠，我定守約奉上。」天外邀無日和蒼龍就坐，然後跟蒼龍說一段只有在蒼龍照完三世鏡後才可透露的事。

「你我前世皆是天界之神，你統領著東方七宿，是四大上品星官之一蒼龍。我是守護人間一念善的善尊神使。原本在我的守護下，只要那一念善不滅，眾生則性本善，每人與生俱來皆會有一念心善。此善念形如清藍燭光，在人一世成長中可熄、可再生、可蔓延。而任何惡念魔念皆由地獄之火外泄至人間，只有在一生中干犯過滔天大罪的人才不配在轉世時擁有善念，那些人若在轉世後不能靠自己積累善因，來世只會繼續輪迴不可超生。當時另外還有一位上品星官西方七宿之統領白虎，和你同被分配到我善念宮外做門神。你們感情極好，他比你仙齡小一點。你性格溫善沈著，屬守護神；他勇猛決斷，屬戰神。你們在門前時常有講有笑，聲音大到我都聽得到。而每次一有矛盾都是你讓著他。他看你的眼神，就像蝴蝶看到花一樣。我可都看在眼裏。當時我在善念宮待得悶了，每天只看守著那搖搖晃晃的燭光，很是無趣，有天居然生起想毀掉那一念善燭光，目的就想看一下世間之人若是『性本惡』，會怎樣。」

蒼龍聽到天外開始講彼此前世的事，腦海開始拾回點回憶，那個白虎星官和屠虎長得一樣，只是打扮不同。白虎星官跟蒼龍星官一樣束髮戴長冠，身穿黛藍鏽白虎的緞袍，腰繫金玉帶，手執鑲嵌了七塊寶石的白虎大刀。他們同為上品星官，性格投契，辦事能力強，故得玉帝器重，鎮守維持人間秩序最重要的仙宮之一──「善念宮」。

「那時我慫恿你們跟我合作，合力毀掉一念善，此舉便令你們意見分歧。白虎主張以私刑先對付我，免得給機會我釀成大錯，你就主張要先通報玉帝，讓他親自去審理。我一聽你們都想出賣我，就不理後果，衝去想一了百了滅掉那一念善。白虎衝前用大刀砍我，你馬上揮劍阻止。本來以你在白虎之上的仙力，可以鉗制住他，但你不忍傷他，就被他佔上風。白虎沒有收手的意欲，在他打算把我一刀斃命時，你用長劍替我一擋，長劍上有塊玉就被大刀砍掉了，那是代表心宿的心月玉。每個上品星官都有連繫著仙壽的一個星宿，這心月玉一掉，你的仙壽等於就盡了。白虎本已釀成大錯，還想著將錯就錯，趁玉帝沒發現把我殺掉，我捉著他舞向我的大刀一劈，就把一念善一分為二了。就因如此，原本只有少數人會因前生做的業而不得此念，可這下子一念分成了兩邊，成了一善一惡，人性就有了「本善」和「本惡」兩邊。玉帝知悉時已太遲，我們三個涉事的神就需受到懲罰。這件案在天庭審了好久才有判決，仙家都在爭論誰的罪最重。」

蒼龍一下子想起當時的場面，他在心月玉掉了後就失去了意識，再次醒來時已是跪在了天庭，自己本已殆盡的仙壽就由南極仙翁暫且添多了一筆，直至案件有結果為止。他依然記得仙家們爭論有多激烈，而白虎在紛擾面前仍處之泰然。

「最後判決結果是什麼？」蒼龍的記憶又斷了。

「玉帝聽了各方進言後，判定你在三神中罪孽最輕，錯在『赤子善心淪為婦人之仁』。於是懲罰你轉世為人，接受極需意志堅定，會致身心疲憊卻可拯救世人的考驗，若失敗則需繼續輪迴為人，直至完成救贖才可回仙班。此期間你的職務則暫時由朱雀代行。而因你罪輕，在你出生之時，准許七宿伴隨七夜豪雨歸回你身上作守護，令你有超越常人之體力和生命力。但因心宿被白虎擊碎後成了最不穩的一個，所以會在最後一夜降臨。當中若稍有差池，致七宿無法降臨，後果則需由你自己承擔。」

聽天外一說，蒼龍對於自己和心月狐的關係有了更清楚的記憶，那時在天宮，他每天都擦拭著長劍上那七顆美玉，最悉心呵護，用心擦拭的就是代表心宿的那顆心月玉，或許因它長得最合他意，令他時常感到平靜。而就因當時自己沒保護好她，以致惹出如今這一連串的瓜葛。今世自己對她強烈的保護之心，不是空穴來風。可他還是想不起，今世心宿因何故降臨不成。

「那你呢？」他問。

「我被判定罪孽最重，『兩袖清風錯陷一念無明』，終身不得回仙班。原要轉世為畜生，但如來佛出手想親自點化我。他向玉帝說與其讓我做隻無法頓悟的畜生，不如做個要還債的信徒，令因此受苦的人間多拾善念。萬一在某一世做得不足，下世就做畜生。我今世轉世為僧，除了要度人向善，也要修煉能淨化魔性的元珠。一切只因今世你出生時丟失心宿，心宿去向未明。佛祖知悉後託夢予我，他謂你長大練功會令魔念有機可乘，要我早日準備元珠。我在照清前世之事後就知道來世若要避免輪迴做畜生，今世怎樣都要還清欠你的一條命，而所謂元珠之藥引就是指我左手無名指的鮮血，在你出現之前，我每月都需以一滴供養著它。只有給你元珠，我才贖前世欠你的罪過。」天外歎道，這都因自己當時一念之差，才弄致生生世世要在輪迴道中懺悔。

蒼龍聽到天外解說緣由後心裏舒了一口氣，那就是說不必殺狼女，他也可恢復本性。

「那白虎的結果呢？」他沒忘記此事中還有一人。

「他的情況是最複雜的，也正是最富爭議性的一個。他誤折你仙壽，又有份砍了一念善，卻絲毫沒有悔意，被判『自作聰明反誤英明一生』。天宮職務暫由玄武代理。他今世也要轉世為凡人，卻不像你有星宿護體，犯了殺孽令他今世成為孤兒，而欠你的愧疚也要在今世償還。原本玉帝亦想褫奪他仙班資格，但得星宿之祖太上老君求情，在今世望他憑自身努力重積仙緣，破除迷津，便可重為星官。若仍然執迷不悟，目空一世，就永遠不得回仙班，下世則要輪迴為阿修羅。」

「破除迷津？」蒼龍細想著自己和屠虎從相遇到決裂的經過，看符不符合這白虎星官的判決。

「對，太上老君說了，他今世應會遇到一隻來自西邊卻迷失在東邊的白虎，那其實代表他迷失不悟的心。若他選擇殺了這隻虎，就代表他依然執迷不悟，只懂用殺戮了事。雖在屠虎之後，他需還你的愧疚執念能得到了結，他也可得到仙緣奇力，但他自己就會成為這隻迷失自負，最後還是在東邊束手就擒的白虎。」

蒼龍和無日一聽到天外的話都不約而同望向了彼此。

「屠了虎後，他的餘生就定了局嗎？」蒼龍問。

「若他及時覺悟，那其實未遲。但到頭來破局的只有他自己，沒人能幫得了他。他欠的不只你一個，他是因殺了你的心宿才令你死亡。所以他這世或許不用受什麼肉體痛苦，但心靈的折磨考驗可是最重。他今生亦會對你的心宿有所虧欠。」

「有所虧欠？那他會怎樣？」

「這話該如何解讀，是福是禍，我不得而知。正如我也不知你那拯救世人的考驗是什麼。天機之秘，只能慢慢參透。」

說完前世的事後，天外請蒼龍和無日用茶，自己則去拿元珠。在滴完最後一滴還債血後，那顆元珠在蒼龍眼前射出耀眼彩光，最終變成一顆晶瑩通透的明珠。

「元珠是以柔弱勝剛強的寶物，人必先弱方可強。你記住，服用完它後不消一晚，你目前練的所有內功會全被化無，體內魔性盡得淨化。你可能會覺得身體有點虛弱不適，這屬正常。這段期間你必需靜心休息，情緒不可起伏過大，不然會阻礙元珠淨化，惹來內傷。若想血氣運行得更好，最好每天堅持以熱水泡浴，能去寒性的魔毒。持續一個月靜養後方得新生，內功漸強，天下無雙。總之要無視無聽，抱神以靜。」天外仔細交代著。

「明白。」蒼龍接過元珠，把它吞下，體內原積存的寒涼之感立刻消散。

天外隨後讓二人在色拉寺暫住幾晚，也確保蒼龍沒有因元珠而起異常的不良反應。那一晚蒼龍盤坐床上調息，卻是徹夜未眠。他只覺體內有股暖流自腹部冉冉上升，到左胸位置時暖流分兩個方向行進，一往上到頭部，一直進心房，暖意不灼不燙，卻令蒼龍坐立不安，很不自在。適時左胸忽似刮起寒風，吹走了暖流，一下子令他招架不住，其時他已覺呼吸困難。蒼龍只好張開眼睛慢慢喘氣，耳邊就傳來了來自魔性自己的聲音。

「你想擺脫我就要把命留下。」

聲音消失後，蒼龍霎時失明失聰失聲失嗅，感官能力全部被緊緊封死。困死的世界中有兩個他，兩個他無論打扮還是神態都一樣，左身黑右身白，他笑他就笑，他瞪他亦瞪。他的左手有一把長劍，他也有。他看了長劍一眼，上面只有六顆玉。

「赤子善心淪為婦人之仁。」玉帝擲下判詞時霸氣說道，語氣中略有婉惜之意。

他一醒，立刻握起手中長劍，刺向他的心臟，他也奮力一刺，兩個人互刺出鮮血，血流到劍身，剛好流到心月玉的位置停了下來。他記起了，心月玉的顏色，正是血紅色。

要去掉婦人之仁才可找回最初赤子善心，毀掉魔念是他必定要做的事，正如屠虎若要重生，就要放下執念一樣。

蒼龍感到左胸凝聚的寒氣全消，眼耳口鼻皆重明，那似夢非夢的自相殘殺，令他出了一身汗。天微亮後他感覺內息已漸漸穩定，身體對周遭環境再無異樣反應，反尋得安穩之感。

天外聽到他描述的幻境後深感安慰，這代表蒼龍的魔性已被連根拔起。但他體內尚有上次在牡丹樓受傷的毒素未清，有可能耽誤元珠的淨化過程，天外想叫他待夠一個月才離開，但過了幾天蒼龍見自己已無大礙，就決定與無日一起向天外道謝並道別。實因蒼龍迫不及待想回去找狼女，找他自己的心。他想把這一切告知她，同時想提醒她要小心屠虎。天外見蒼龍去意已決，不便多留，就囑咐二人保重。只是天外心裏清楚，等待著蒼龍的是另一場考驗。

蒼龍懷著興奮難耐的心情和無日回到泰山，但迎接他們的是空無一人的山洞以及狼女遺下的刎血匕首。她早在他們離開當天就投向了屠虎的懷抱，二人駕馬離去，為了不拖不欠，她把他送給自己的刎血匕首留下，以示訣別之意。離去時，她萬分不捨，但比起不捨，她更希望讓自己看看外面的世界，想認清沒有了蒼龍，自己會是怎樣。

蒼龍對眼前一切感到不可置信，急得吐了一口血。果然不出天外所料，蒼龍體內蝕骨的毒素會在他現在內功盡失時因情緒波動引發起嚴重的內傷。但對蒼龍來說，就算吐遍全身的血，似是也換不回她。無日對著萬念俱灰的徒兒，也是無計可施，連元珠都被二人找到了，蒼龍的心卻走了。他扶起跌坐在地茫然若失只懂緊握著刎血匕首傷心不已的蒼龍，趁蒼龍不為意點了他的穴，讓他暫時全心休眠。蒼龍有元珠護體死不了，但現在於他而言怕是生比死難受。

第九章

狼女和屠虎回到奇虎門的基地，眾弟子早已聽聞掌門說會把「夫人」帶回來，因此當他們看到狼女時，都自動恭敬地稱呼她做「狼夫人」。狼女感到無所適從，一是因為自己很少見到這麼多人，二是大家的恭敬反讓她有負擔。在這裏她唯一可信賴的就是屠虎，其他人對她的態度，她看不穿。因為緊張，她主動拉起他的手，屠虎只覺狼女在她身邊就如同擁有全世界，他欣喜地牽著她的手，帶他去自己為她精心準備的房間。

「這間是你的房間，我知道你一直住在山林裏，可能對我們搭的這些屋子不太習慣，所以我特意把你的房間建在奇虎林中，四周環樹，房間裏注重通風乾爽，裝飾以簡單自然為主。」

狼女莞爾一笑，以答謝他的用心。

「你先好好休息吧，有什麼事都可以來找我。每天早上中午和晚上都有婢女來送吃的給你，我也會經常來看你。為了能不靠聽心石一直跟你交流，我得好好練一練聽心訣。」屠虎眼中濃情流轉，嘴角上揚。

有了目標去發奮，屠虎不消幾天就練成了聽心訣，能聽到狼女心裏想說的話。

狼女就這樣一直待在奇虎門裏，過著被人服侍的生活。她說不出來為何，她不討厭這種生活，卻不覺得這應該是她的生活。從遇到蒼龍後，她都是做著服從聽令的角色，久了也不覺得有問題。現在換了角色，倒是有種格格不入的感覺。有時她太苦悶會在奇虎林中散步活動，好幾次都遇到正在訓練弟子的屠虎。每次她一出現，除了有屠虎灼熱看她的眼神，其他人都會不約而同地盯著她看。她始終不慣被太多人注視，於是他們一這樣做，她都會逃避走開。屠虎知道她還是不適應這裏的生活，但他希望用時間和自己的真心來讓她改變，於是只要聽到有弟子在背後說她奇怪，他就會重罰他們。

另外，屠虎送了很多套漂亮的衣裙、胭脂水粉還有精緻髮釵給她，可她都沒有換沒有塗沒有戴，始終穿著舊時的吊帶上衣和短褲。屠虎實在不希望她穿得這麼暴露在這裏走來走去，畢竟他不想自己心愛的女人的身姿不停被人注視著。只是他不欲向她直說，怕狼女會覺得自己在逼迫她成為世俗女子。他不想逼她做任何事，他要她保持住自己的野性烈性。她的脫俗，是令他著迷之處。當然他會想到，她心中或許還會想起蒼龍，所以他一直提醒自己，在她完全愛上自己前，他一定要忍住不可逾矩。

不過，狼女依然從婢女口中聽到別人對自己的議論和屠虎為了自己而懲罰其弟子的事。她覺得自己既然決定離開蒼龍隨了屠虎來這裏，就不該讓他難做。

於是在第二天她就指著桌上的衣裙髮飾和胭脂，示意婢女幫她打扮，最後她換了一身淑女閨秀的著裝。屠虎晚上一進門找她時就驚呆了，眼前的人像是狼女的雙胞胎姐妹，雖然長得一樣，但氣質截然不同。

「狼兒，今天是怎麼了？打扮得如此美不勝收。」他喜不自勝。

「我想讓你開心。」她害羞回答。

「你是這個世界上最美的人，無論你是什麼樣子都是最美的。」他依稀想起她喝完狸力血後的樣子，心頭蕩漾起波瀾。

狼女聽到他的讚美也嬌羞地笑了。她剛才叫人替她打扮完後一照鏡時亦被自己的樣子嚇著了，甚至懷疑自己是不是易容了，不過是塗了點胭指，抹了口紅，畫了眉，人就像換了層皮般。對於她肯為自己做出改變，屠虎很是感動，他只覺今宵良辰美人皆在，不可枉費，心裏不停浮過她令自己難以忘懷的模樣。既早已認定她是自己的妻子，屠虎就想縱容心中壓抑已久的慾火。

「我想把你整個佔有。」他在她耳邊呢喃。

他抱住她急親了起來，狼女嚇得稍為後退，但他摟得更緊，不想讓她逃出自己懷抱。狼女花了一整天的打扮，從頭飾到衣裳，不到一會兒就被他脫光，只餘她最原本穿著的肚兜和短褲和她一頭散亂的長髮。他稍為鬆開她，把自己的衣服脫去。當他定神一瞧，這樣自然不刻意矜持的她卻比方才的她更顯野性醉人。她稍為失措的眼神，悶紅了的臉頰，隨呼吸起伏的胸脯，令屠虎像找到獵物一樣窮追不捨。

狼女一時之間也覺意亂情迷，眼前的他不時交疊著另一個人的臉龐。她想起蒼龍為自己紋身時的場面，二人赤身相對，甚至貼身相擁，他把自己壓到的一剎，此刻不停浮現眼前。屠虎捕捉到她眼神中的迷醉，撲去吻她頸上的疤，狼女仰頭閉眼陶醉，他手繞到她背後一解，繫著肚兜的結隨即鬆脫，只餘饒在頸上的一條繩。屠虎的指尖劃過她紋身的地方，上下輕撫，狼女也開始在他背上失控亂摸。她蹦跳到他身上雙腿掛在他的腰間，像平時要作對人出攻擊一樣，但她沒有打算攻擊他，而是想把自己完全地交給他。屠虎一手托著她，一手甩開她的兜子，把她推到牆上。他開始吻她的乳房，當他靠近自己的心時，狼女忽感心中最後一層薄紗被掀開，轟隆隆的心跳聲是她最真實的吶喊。她的原始獸性和作為女人的羞赧交融在一塊。

「他在你身上紋身又如何？你是我的人。」屠虎一邊吻她一邊念道，而狼女腦中聽到「你是我的人」後只浮現出蒼龍想親自己又卻步的神態。

在欲拒還迎之間，她伸出舌頭回應他的熱吻。屠虎抱著她轉了好幾個圈，二人的舌頭交纏在一起許久，之後他推倒她在地上，自己半跪著繼續親她的身體，而右手慢慢把她的短褲也脫去，兩人共赴雲雨。而狼女雖然出不了聲音，但憑呼吸聲的起伏也讓屠虎感覺到她得歡與否。狼女不諳女性柔弱嫵媚之理，在過程中依然下意識在和他較勁，有時採取主動撲向屠虎。但屠虎反倒樂哉，只是好奇為何她全程雖一臉陶醉但沒有怎麼睜開過眼睛。

二人在享受魚水之歡之時，另一廂被無日點了穴正在閉關的蒼龍似能察覺到千里之外二人的動靜，左胸忽然劇痛並不知何故大受刺激再次吐血。無日不諳當中原因，見狀也束手無策，只覺是蒼龍相思狼女過度而致。無日但求蒼龍能平安熬過這一個月，到時候他內力大進，再去搶回狼女亦無不可。

事後屠虎摟著她入睡，但狼女竟徹夜不能眠，眼眶更莫名泛起淚意。她唯有趁屠虎熟睡時跑出外透氣。她爬上樹梢，看著晚空，這夜星星很多，但未能找到月亮的蹤影。

她不自覺讓眼中淚水滑落，心裏湧起巨大歉意悔意，她覺得自己背叛了蒼龍。在剛才整個過程中，她之所以如此投入忘我，全是因為她腦中想的只有蒼龍一個。一想到這裏，她頓覺身心撕裂，她把身體給了屠虎，但她的心裏原來一直只有蒼龍。

此時一縷白光照在她身上，她抬頭一看，有一位長得天仙似的，膚如凝脂，目如明星的女子從夜空中徐徐落下。她未見過此女子，但她一點都不覺得陌生，特別是她那雙眼睛，像在別人臉上見過。

「心月狐。」女子輕輕喚她的本名。

狼女眉心微皺，對這名字莫名熟悉可又想不起個緣由。

「事到如今，我只好來點明一切。」女子續道。「心月狐，你原是天界蒼龍星官麾下七顆星宿中的心宿，主管心和積卒。因天界善尊神使叛變，引起星宿之亂。你被白虎星官意外打落，從此失了主神。後來蒼龍星官被罰下凡為人，原得玉帝恩准可受到七顆星宿化身保護其身，因心宿需時間找回主神所以你最遲下凡，但在你該下凡時發生了意外，導致蒼龍轉世為人時沒了心。」

狼女聽得一頭霧水，那這些跟她有什麼關係？眼前這女子又是誰？

「這些錯其實都與我脫不了關係。若我當時在，可能就不會出此差錯。此事說來話長，但我必須跟你交代清楚，你才會明白如今原委。我本是太上老君之女，眾星宿之母鎖星，掌管各大星神星官。許多年前，因天下太平，我得父親首肯，能到凡間天神山一遊，並特別喜歡當中的御山。就在當晚，四周漆黑詭靜，我出於好奇，在極夜中點亮了自身，誰料竟驚動了夜空的凡心。天色頃刻在我眼前一崩為二，黑白分界，白極靜，黑極動。我頃刻失了方寸，分界嶺突然冒出一個臉龐和長髮皆左右分作了黑白兩色的仙人。我想他應該就是主管世間日夜循環長短的晝夜仙人。他一下來就痛罵了我一頓，指責我顛倒了此地的日夜規律，更讓天裂開二邊，動了凡心的半邊為黑，不動如山的半邊為白。此舉惹來我和黑夜的姻緣劫，必需下凡為人償還後才可回天界。就在我轉世為人期間，天界就發生善念宮星宿之亂。」

狼女不知為何馬上想到蒼龍提過他的父親極夜，兩者難道有關連？

「我轉世為人後，成了想為朝廷除害的女殺手鎖星。原本沒有前世的記憶，直到我潛入東廠後受指使殺害一名叫極夜的神偷。我們從猜忌到相知相戀，其後我懷了他的孩子，為逃避東廠追殺，我們只好隱沒。就在我臨盆之前，晝夜仙人前來告訴我前世和極夜的的姻緣劫以及星宿之亂。他說我懷的孩子就是蒼龍星官轉世，我和極夜的責任就是好好撫養他長大，協助他還清他的罪過後，我們就可回歸天界。他已預告蒼龍出生當天起，會接連下七夜暴雨，以護送星宿下凡到蒼龍身上。但我沒想到的是在蒼龍出生後心宿尚未降臨的頭七天，我的心和他的心相連。本來迷心術不會對我產生影響，但因我的心連住了蒼龍的心，一心分給二用加上蒼龍心宿因前世被擊落使其本身意志較弱也影響了我，以致在第七天時，我中的迷心術發作。那令我理智全失，造成了不堪設想的後果。我錯手把極夜殺掉，還差點把還是嬰兒的蒼龍殺掉。因犯下此大錯，害得你作為心宿無法下凡，只可折返天庭。自此，蒼龍也成了沒心的人。我一直懊悔難當，暗中希望找到補救的方法。不過到我陽壽盡時依然無解，我本該再去投胎不可回天界，卻因挫骨揚灰的罪疚無法投胎。最後我被強召回到天庭，經盤問後，他們知道我是受蠱所惑，才錯令你無法下凡，於是給我機會贖罪。我只好折自己仙壽換你有再次下凡的機會補回蒼龍的心，也盼他能拯救蒼生得以回天宮。」鎖星說罷這冗長故事後歎了口長氣。

狼女由此憶起些許前塵往事，自己作為心月狐時因仙資未夠不足以成人形，只能做顆守劍的美玉，連同另外六顆美玉陪著自己的主人蒼龍星官。每次蒼龍擦劍時，對自己都特別呵護細心。在自己被白虎打到失去意識時，她清楚聽到蒼龍撕心裂肺的呼喊。回到現在，她也想起蒼龍從小無父無母，背後竟有這麼錯綜複雜的原因，心裏對他更是惱怒不下。

「太上老君安排你下凡時特意想讓你變得強悍一點，免得再輕易受到伏擊傷害，所以不讓你落入狐群，而是狼群，從而壯大你由積卒星主導的個性。加上狼能灌輸你對伴侶忠貞不二的本性，日後你遇上蒼龍，憑著定生緣的感應，就更容易相認。到時我就能告訴你如何回到他心上。誰知命運作弄，在你和蒼龍相認前，他卻傷了你，這一步非受我們所控，接著就一子錯，滿盤皆落索。因心宿由月亮守護，我的能力只可在失控前把彎月銀片項鍊留給他，讓他在月圓時受月光保護，不被任何邪魔惡毒侵擾。但真正的解鈴人，還是你。」

「那我該怎麼回到他心上？」狼女問鎖星。

「原本作為附屬於他的星宿，只要你比他先死，死後你就會化為星光回他心房。這前提當然是你不會憎恨你的主人，若有恨意你則回不了他的心，而會灰飛煙滅上天。還有一點，因為你能再次下凡還背負著替我贖罪的意義，所以你不能是自殺，而必須由他人奪你性命，以贖回我當初殺夫殺子的死罪。」鎖星看著狼女在思量時，腦海閃過那不堪回首的一晚，心裏再度陷入不能自拔的慚悔中。她心中最想做的就是把心宿移回蒼龍心上。

「我不恨他。」狼女只覺自己對不住他，鎖星提了一樣很重要的事，從小狼族對伴侶的忠心本質早已成為她的一部份，她今日跟屠虎纏綿後如此罪疚，無非是她其實早已認定蒼龍才是自己的終身伴侶。

「或許對你來說，恨比愛易明。但我想跟你說，你不恨他，是因為你愛他。你孝敬待你如父親的老狼，讓你對蒼龍先有恨之入骨的情緒，然而之後這情緒生了變化，因為你遇上本性善良的蒼龍。愛是愛一個人的全部，你漸漸分不清自己愛不愛他，是因你無法接受自己愛上他魔性一面。其後屠虎出現，讓你更加迷惑，因為他待你時就如蒼龍本性重現了一般，這種柔情的好是你想要的，別人能給替代的感覺，可只有蒼龍才能給你最想要的愛。你現在這麼哀愁，正是因為你覺得自己做錯了。」鎖星不得不點醒迷茫的狼女。

狼女聽後淚水更加洶湧，她心裏一直表現出對他的厭惡，其實都令他生不如死。為了挽回自己，他多次跟分裂的自己過不去，她卻三番四次想逃。如今她更和別的男人發生關係，他定大受打擊。

「心月狐，我能說的都說完了，接下來的命運就看你們造化了。說白了，我們就算是神仙，都曾犯下大錯。世上沒有誰比誰潔白無瑕或高尚，你做任何決定，我都會尊重你。就算是天界上神，想造化弄人，都敵不過無常的命運。」鎖星走到狼女眼前，替她抹走眼淚，之後就消失在空中。

狼女其實還有許多事想問清楚，例如無日是否因知悉此事所以才殺自己，屠虎是不是白虎星官等，但鎖星已經杳無影蹤。

翌日屠虎大肆宣佈自己要迎娶狼女的消息，此舉不只為了高興，他想趁機吸引朝廷和蒼龍的注意，對於蒼龍是否已取得神物元珠，他很好奇。可他不知狼女此時已萬念俱灰，她心裏只有一件事，就是把自己還給蒼龍。

無日見蒼龍閉關休息了已接近半個月，就讓他暫時出去走走，不要困著自己天天睹物思人。未想到蒼龍竟因此聽到屠虎要娶狼女為妻的消息，畢竟這是件武林大事。無日深知這是屠虎佈下的陷阱，但難阻蒼龍要找屠虎的衝動。

「蒼龍你別去，屠虎一定想試你底細，再奪你性命。」

「那又怎樣？我現在已沒東西可以輸，我只想把她奪回來。」

無日只好隨他一起前往奇虎門，恰好屠虎正帶著梳妝整潔的狼女以及一隊人馬出外進見汪直，借此想引蛇出洞。東廠對奇虎門心懷怨恨，一直想伺機報復，屠虎這麼高調就是想協助西廠把東廠對不死心的餘將捉回去做人質。不料竟把蒼龍也引了出來，可以說是一石二鳥，在牡丹樓見識過他厲害的弟子都不敢再前進。

坐在橋子上的狼女見橋子因有人攔路停下，就探頭出去查看，見攔路者是蒼龍和無日，霎時不知所措。

蒼龍瞥見橋子上的她，容貌未變，卻因上了妝添了幾分嫵媚，又因穿上了衣裙添了幾分婀娜。現在的她一臉粉黛一身朱紅如此多嬌，堪比大家閨秀，比跟著自己時骯髒寒磣的她好看千萬倍。一時之間他只能看傻了眼。

橋夫細扶著她下橋，大半個月不見，她舉手投足已如千金小姐。屠虎走到她身邊，警戒地睥睨著蒼龍。不過在蒼龍眼裏，只有她一個值得放在眼內。

「你看夠我夫人了嗎？」屠虎喝了一聲。

蒼龍瞪了屠虎一眼，為免讓他知道現在自己內功盡失，他不敢出言回嗆也不敢動手。

「小狼，我們談談好嗎？」他把注意力放回她身上。

狼女六神無主，但比起讓龍虎二人起干戈，她不如自己一力承擔此事。她給了屠虎一個眼神，示意自己想去，屠虎雖百般不願意，還是隨她了。狼女走到蒼龍眼前，直愣愣看著他，不欲表現任何情緒，甚至想表現出冷漠的感覺。

「你們讓開一陣子。」他想靜靜地跟她談話。

奇虎門的人當然不肯，但狼女再看了屠虎一眼，屠虎揮手要手下暫退幾步。

「小狼，你看著我的眼睛。我已經沒事了，元珠淨化了我的魔性，雖然現在內力暫失，可我那魔性的一面已不會再出現了。」蒼龍泛起笑意向她呢喃。

狼女當然注意到他眼神中的清澈早是自己日盼夜盼的人，但她強忍激動，繼續板住臉對著他。自聽到鎖星的話後，她揮之不去對他的愧意，不想他再糾纏或愛著自己。她只想裝作絕情惹怒他，逼他或無日出手了結自己的命。

「小狼，跟我回去好嗎？」他打算輕握她的手，但她一下子甩開。

「我已是他的人了。」她看著他，用一句話斷他理智。

沒錯，他沒有心，但他的心碎了。

從她眼中的倒影，他似是能看到他們纏綿的畫面，他禁不住自己的全身在抖。

她想他怒，他卻怒不了。對他來說，一切都是由自己造成。他忍住湧上了口中的血，慢慢沈低下頭，壓住全身的顫抖跪在了地上，所有高傲尊嚴都不比求她回來重要。她愣住了，所有人都傻了眼，屠虎也想不到蒼龍會把面子都丟棄。

「小狼，我沒騙你，我真的回來了。我求你，跟我回去好嗎?你要什麼，我都給你。」他的眼神恍如回到他第一次用本性見她時那樣單純可憐，那滴凝在眼角的淚令她心都碎了。

狼女心裏巴不得自刎了結這罪孽，她只想把心還給他，最好他把自己忘了。然而此時，她除了回絕，別無他法。她若回到他身邊，他定捨命都不會讓自己有事。況且，對著他，她的愧疚不會消解反而加深。她只好對著他堅定搖頭。而蒼龍強忍的一口烏血此時終脫口而山，狼女一怔，無法直視他的傷，只能望天把眼淚倒回眼裏。屠虎不忍她再被蒼龍窮追不捨，於是衝上前抱著已失了魂的狼女，用自己的身軀隔開了二人的視線。

「別怕，有我在。」他摟緊她，拍拍她的頭安慰她。狼女這才放心流下淚。

「蒼龍，狼兒已經表達清楚她不欲跟你回去，你再死纏爛打，休怪我不客氣。」

「我們走吧。」她對屠虎說。

「小狼……」蒼龍依然不肯放棄，苦苦叫著她。

「蒼龍，念在你我曾是師兄弟一場，如果你這麼不捨得這個曾經被你當成動物馴養虐待的女子，我邀請你本月二十二日出席我倆的喜宴，好好見證我如何愛惜她。我們定會不負你所望，白頭偕老。」屠虎開始動氣，蒼龍也快憋不住想出手。

此時一直在觀索情況的東廠的人見蒼龍身上似有傷，加上不知他內功已失，就想著今日即便傷不了屠虎也至少得把蒼龍捉回去。他們的動靜惹到無日的注意，見蒼龍開始按捺不住，他就拉起他打算先走。

「附近有人埋伏，此地不宜久留。」他在蒼龍耳邊提醒。

蒼龍也沒信心鬥得過這麼多人，就打算先撤退，誰知屠虎得勢不饒人，出手欲試探蒼龍虛實，無日出手解圍，屠虎更篤定蒼龍定是得到了元珠，正處於內功全失的狀態。他不急於了結蒼龍性命，反倒想退場讓東廠的人跟這兩人對戰，自己則拉著奇虎尾門袖手旁觀。

無日蒼龍一欲離開，東廠的人立刻衝出來攔截，此時屠虎叫狼女上橋，一行人揚塵離開。

「今日我奇虎門趕路上京進見汪直大人，誰敢阻擋，必死無疑。」人馬在屠虎的威喝中開路，東廠的人轉移了目標，不想跟奇虎門的人硬碰，就改為包圍無日和蒼龍。屠虎脫身後，餘下不知無日底蘊的東廠人士。

坦白說無日不把他們放在眼裏，只想不泄露蒼龍目前內功的缺憾，故此比起跟他們慢慢耗，他打算一招擊退他們。他左手掌扶著右手脬，右手擺起蘭花指，手勢一作，嘴裏念念有詞，東廠的人未及發力就悉數失去意識倒地。這一招傷人於無形間的招式名叫「不見春」，據說是一尼姑在讀完前人寫的《悟道詩》中「歸來笑拈梅花嗅，春在枝頭已十分」後創造的禪功，招式不動聲息不易領悟，只為趁人不備退敵而不殺傷。

無日隨後匆忙和蒼龍離開。

無日怕蒼龍真的會去屠虎婚宴送死，只能偷偷刺他穴位，令他昏睡，再用障息法封印住他。無日實在不想蒼龍在內功恢復前貿然送死。狼女屠虎的喜宴壓在他內功完全恢復的前六天，他也猜到屠虎應已知曉蒼龍服用了元珠一事，在無日眼中，保存性命比搶女人重要。今日狼女的態度決絕，無日不覺得蒼龍放下姿態去苦求有什麼用，倒不如等身體一好去把她搶回來痛快。

為了這受情所困的徒弟，無日可謂心力交瘁。自問逍遙半生，未曾遇什麼牽絆，他從不懂這些男女之情為何能令一個人痴心至此，反倒是經書秘籍更值得沈迷，至少文字不善變。

蒼龍算是這世上自己最掛心的人，或許源於自己對極夜有所愧歉。當時若自己跟著他去找經章下落，他就不會中美人計，落得家破人亡的下場。正當他閉目入神憶起這段往事時，忽聽到洞外有腳步聲，他深怕是有人想偷襲，就跑出去看。見到的是一名背對著自己，身形瘦削，衣擺蹁躚的女子，不必走近，他已知道對方是神不是人。

「敢問仙人何故下凡？」他不明對方來意，先客氣地問。

「無日，我特意下來，是把遲了太多年的感謝和歉意一併償還。」

無日疑惑，自己一直得罪人多，稱呼人少，誰要感謝自己？

「這麼多年來，想必你一定對我恨之入骨，當日倉卒梢信託君照顧稚子，箇中苦衷一直未有訴明，是因為罪疚纏身，無臉求你原諒。多年照顧我兒的恩惠也從沒認真道謝，實在不該。此時出現，只為解君煩憂，釋君困惑。」

「你就是鎖星？」無日不敢相信她竟是神仙。

對方轉身點頭，雖然無日未曾親眼見過鎖星，但按照極夜之前在信中的描述，似是相差不遠。美若天仙，不失冷艷，柔弱中有一絲不屈。而他對她的容貌亦有莫名的一種熟悉感。

鎖星把自己為仙下凡時令夜空動心的錯事以及之後牽涉的恩怨向無日一一道明，她也坦露無日之所以能成半仙，和他前世屬於御山未受自己憾動的潔白半空積下的仙緣有關。當時晝夜仙人不打算懲罰他，可他認為天本為一體，不可分割，所以就算有半邊做錯，他也情願一起受罰。因此，無日和極夜今世才成了人。而鎖星和極夜的姻緣劫亦是命中註定要生的苦難，只是釀成死劫則非卜卦能算準。

無日一瞬間恍然大悟。自己的聰穎悟性原是天賜，仙緣也非偶然，而鳳尾蝶的夢本是晝夜仙人想令他們二人憶起前事的提醒，也算是對極夜的警告，但他們都不解其意。而當鎖星提道那晚自己殺死極夜的事，無日心有戚戚然，說要怪她又難怪，只是這起悲劇又確實是因她而起。

「極夜死後去哪兒呢？」無日問。

「沒人告訴過我，我不配知道他的去向。」鎖星難掩黯然。極夜遭遇了比他需清還更大的浩劫，或許給他最好的結局，是洗去他和所有相關的人的記憶，賜他一個新生。

無日也不禁吁唏，雖說事出必有因，但千因萬果，怎理得清？

「蒼龍一定很恨我這個母親吧？」鎖星不敢問自己能否去看看自己的兒子，她之所以特意前來，其實就是想見蒼龍一眼。

「我沒跟他提過有關你的事，我不想他對你懷恨，直接點說，我不想他對你有任何感情。」無日回道。

鎖星能理解無日的態度，自己當初殺夫棄子，罪大惡極，只是心頭之酸苦糾痛著她。

「你既已被殺，回天界後又安排了心月狐下凡贖罪，我無謂跟蒼龍再說你不是。本來想著若你沒死，遲早找你算帳，但現在事情簡單多了，只要把當年東廠搞事的人揪出來，蒼龍的殺父之仇也算報了。」

鎖星把當時有份搧動操控自己的東廠人物告訴無日，這些人惡事做盡，大部份已不在人間，果報輪迴自有其道法。尚在生的人只餘負責籠絡巫師的周力和下蠱的苗疆巫師九泉。

「還有一事想跟你談談。」鎖星還在想該不該跟無日說自己已見過狼女一事。

「說。」

「你早知狼女是心月狐，可現在蒼龍魔障已除，你還想不想殺她？」

「不是我想不想的問題，是蒼龍不會允許我這樣做。」

「蒼龍愛她真的那麼深？」

「你問我一個未曾動情之人，我該怎麼回你？」他盯著她，她若有所思。

「我能見一見蒼龍嗎？」她終於問出心中所想。

「你憑什麼？」無日覺得她有所隱瞞。

「我若向你坦白了，你能讓我見一見他嗎？」

「你先說。」

「我是神仙，我是一個非常自私的神仙。無論是為了自己還是為了蒼龍，我都希望心宿能回到他心裏，這是她該有的命運。」鎖星說此話時眼神露出一股殺氣。

「所以呢？」

「我原不應該下凡來解釋這麼多事的，可我別無他法。當時我派她下凡代我贖罪，聽似划算，實情太上老君是設了期限的，期限一過，就算她回得去他心上，我也贖不了罪，結果就是我要墮入輪迴道從此不得回天界。眼看著他們越走越遠，我只能出手干預。」

「你這樣做豈不是再犯天條？」無日覺得她多番掩飾只是為自己免入輪迴道。

「我本不會想再犯天條的，可是……可是我真的想她如期歸位。」

「為什麼？蒼龍根本不急要心宿歸位，不是為你自己還有什麼原因？」

「你果然是明察秋毫。」她不禁語帶暗諷，無日就是活得太清醒。「我這段時間在天庭天天求太上老君告知我極夜的下落，他不肯。我用什麼方法他都不肯，我天天跪著哭著，都無計可施。我不是怕輪迴受苦，而是我怕一輪迴，我就會忘掉和極夜的一切。這對我來說是最殘忍的懲罰。」她一臉憔悴。

「你冒這麼大風險就是為了不要忘記極夜？」無日質疑。

「沒錯。還有一秘密，我也對你坦白吧。說完你就讓我見見蒼龍好嗎？」無日示意她繼續說，「我最近終買通了守夜看管生死簿的小仙廝，他答應在今月二十四日開卷打掃生死殿的日子讓我溜進去看一眼極夜如今的下落。只要我來得及讓心月狐歸位，我就來得及入生死殿看了。」

鎖星已止不住淚眼汪汪，情緒漸漸激動：「我前陣子已見過狼女，動之以情以退為進地說服她，她會肯歸位的。只要趕在本月二十三日太上老君設的期限前了了此事，我就算之後遭揭發私自下凡要受罰，也可趕得及先偷看一眼極夜下落，知道他是否安好。這樣就夠了，真的夠了。就算我之後會忘了他，至少讓我在輪迴前知曉，他沒有在受苦就好。」她悲泣了起來，做出這麼多傻事，都脫不了一個「情」字。

「你想見蒼龍，就是怕自己真的來不及讓心宿歸位？」

「對，因為我不知你會不會幫我，現在不見就真的沒機會了。像你說的，現在已沒有急切需要讓心宿歸位，若你恨我，想我受到該有懲罰，那不必幫我。我只求你此時讓我見一眼我的兒子就夠。」

「我如果替你動手殺狼女，蒼龍會恨我一世。」無日沈默半响後道。

「那不必幫我，讓我見他可以嗎？」鎖星已心如死灰，無日果然不會幫自己。

「你進去吧。」無日把思索半响後道，然後他挪開身子，把雙手放在背後在門外等候。

鎖星連忙點頭感謝他。她走入洞內後看見在沈睡中的蒼龍，猶記得當時的他只是襁褓，自己都未來得及端詳他一眼，但他現已長得英氣俊秀。在她眼中，她像是再次看見了極夜一樣，心裏積存已久對他們父子的思念再也克制不住，化為淚涕傾盆而出。她跪在地下摀著嘴抽泣，深怕會吵醒自己的孩子，這母愛因未及付諸實行而一發不止，手想摸摸他又縮回去，催淚動容一幕無日皆看在眼中。

第十章

鎖星需趕在日出前回天宮，她無論多不捨蒼龍都得回去，但此行總算解開了她心中的一個結。雖然做得絕對不夠，但至少她有以母親的身份再見他一面，好好地看過他。她這一世為人得到的幸福，勝比在天上修練幾千年做仙官。若有人問她做仙還是做人好，她定回答做人好。世人需要抬頭看天才會覺得在天上好，天神長年往下看也慣了鄙視人們，但只有真正經歷兩者後，才能做出自己無悔的選擇。

雖然想和蒼龍相認，但她明白若他不知她的背景她的故事甚至她來見他此事，其實是一種無知的福氣。他已經背負夠多了，作為母親，她不想他再受苦。

「不必告訴他我來過。我跟你說的所有事，也可不必告訴他。」

「我不會說。」他鐵面如昔。

「無日啊無日，你真該被褒獎為天神們的典範，如此大公無私，冷面無情。不像我這些壞了規矩的敗類。你壽命盡後定回天宮升官加爵。」鎖星冷笑了一下。

無日依然木無表情地看著她。

「能最後多問你一句話嗎？」

「奉陪到底。」

「你從修練各種秘籍中，得到過真正的快樂嗎？你有快樂過嗎？」

「我有快樂過。」他幽幽答了一句，他的眼睛一直直視著她，眼神鋒利得能刺穿世間萬物。

鎖星搖頭不屑一笑，最後拂袖而去。他根本就是一塊石頭，任憑風吹雨打，日曬月涼，都無動於衷。他在意蒼龍，肯為他手下留情，其實是因為極夜。

狼女和屠虎在晉見完汪直後得他親自開口賜婚，屠虎喜不自勝，在其府上喝酒暢喝幾天幾夜。只是狼女覺得渾身不自在，一來是自己不慣在這些場合出現，二來是同桌還有曾想取自己性命的魔羯，所以幾天來她都表現得悶悶不樂。在屠虎酩酊大醉回房休息後，狼女一個人在院子坐著喝悶酒，魔羯刻意經過她身邊，狼女立刻彈起身防備。

「狼夫人，現在你和屠虎都是汪大人身邊的紅人，我都得敬你幾分，你怕我什麼？」他笑說。

狼女一瞧到他臉上的金絲面具就覺得他定是還在懷恨在心，想報當日毀容之仇。

「再遇夫人時，一時之間還真認不出來你是當日牡丹樓那勇猛狂野的丫頭。怎能漂亮優雅了這麼多？難怪屠虎急著要娶你。只是我見夫人這幾天心情都不太愉快，是不是擔心婚事有何變卦？」魔羯話中有話。

狼女看著他一臉狐疑，想著也罷，今日要是給他殺了，亦能回去蒼龍心上了。於是她神情稍為放鬆，向著魔羯搖搖頭。

「我只是好心提醒一下夫人，莫說現在屠虎對你呵護備至，情深款款，不過因為你利用價值高，怕價值一丟，屠虎就想討個更溫柔嬌美的小妾了。」

狼女不在意這些，魔羯如此多嘴就是有心惹自己生氣，她就偏表現出漠不在乎，這更能激怒他。

「夫人還是沒見慣世面啊，如此自信也是應該。我最後只提醒你一句，等你相公把蒼龍除去和弄得上半部的《亂天之經》後，你再看看他對你是否恩愛如昔吧。」魔羯說罷就哧笑離去。

他故意來挑撥離間，只是想探狼女的忍耐力。她嫁給這麼有野心和善於朝廷打交道的屠虎，自己往後大把機會遇著她。當屠虎對她厭倦，她漸漸失勢後，自己再慢慢折磨她報仇也未遲。

狼女聽後沒有為屠虎的話動氣，反想用此作誘因，跟屠虎保持距離，最好能惹他生氣把自己殺了。她對魔羯輕笑後離開，沒有一點多餘的表情。

屠虎當然能察覺到狼女這幾天的異樣，但他覺得她不慣交際，對魔羯有所警剔都是正常。只是回到奇虎門後她的態度依然冷淡，他覺得當中必然有事，就追問她。他最怕的當然是她因為重遇蒼龍後起了離心。

「狼兒，怎麼了？我們已經回家了，為何還不高興？」

狼女強顏歡笑只道沒事，屠虎不肯作罷，她開始面露不悅。

「你不如說清楚，你是不是還想著蒼龍？」他只好主動提起。

狼女瞪著他，明明他對自己也非真心，憑什麼怪自己？

「你根本就不喜歡我。你哄我回來不過是為了對付蒼龍還有奪取《亂天之經》上半部，你說是不是？到完成你的那些大業後，我便是隻棄棋。」無聲無息間，她已跟他吵起來。

「誰跟你說這些胡話的？」屠虎捉住她的手。

「你管是誰跟我說，我只想知道這是不是真的。」

「我對你的感情千真萬確，日月可鑑，我想娶你，只因為我愛你。但你要是問我這次婚宴有沒有其他目的，我可以對你坦白，沒錯，我是想用它來對付蒼龍，我還要替西廠對付其他人。我從不打算騙你。我一直跟蒼龍不咬弦，你是知道的。若你不想我傷他，是不是你對他還放不下？」他一氣之下反咬著她不放。

「你上次也偷聽到了元珠的事，蒼龍已經失去《亂天之經》的內功，他還有什麼值得你追殺著不放？過往的恩怨有什麼要動輒生死？你如果愛我，為什麼不可以為了我停止傷害他呢？」

「現在是他追著你不放，我能怎樣？」屠虎把話吼出來。

「那你怎樣才願意放棄傷害蒼龍？」

「你還在意他是吧？好，你想知道我的真心，我可以為了你放他一馬。只要他不再跟我搶你，我就答應不再傷害他。」屠虎心裏的不悅已快爆發，卻不欲因此傷害跟狼女的感情。

「我如果不理他，你也不用怕他搶得走我。」狼女討價還價。

「狼兒，你是不是忘了他對你和狼群做過什麼事？你還如此幫著他，你有顧及我感受嗎？我自問對你一直溺愛不已，你想怎樣就怎樣，今日你居然來質疑我的真情？」屠虎因她還在為蒼龍著想漸漸失去理智。

「他壞，不代表你好。從一開始，你對我好，可能就是個騙局。我雖然入世不深，不知險惡，但也不笨。以你我之間身份的差距，你接近我，目的一定不簡單。他日你升官發財，身邊美女萬千，我依然是個懵懂丟臉的女人，你怎會不嫌我？」狼女忽變嬌氣，不過是想逼屠虎討厭自己，現在她只想他們都恨自己，這樣她去才覺死得無所虧欠。

「你是怎麼了？忽然如此嬌氣？也罷，你要怎樣才肯信我？」屠虎也急了。

「你不用做什麼，我什麼都不要了。你看你還說我嬌氣，我就是這樣的人啊，是你不理解我。你若後悔了，要打要殺隨便你。」狼女這幾個月一直察言觀色，也算學到幾招女人發晦氣的扭擰話語姿態，這下總算派上用場了。她常想這些女人造作如斯，應當惹得男人給她們一點顏色瞧。

「你看看這條項鍊，還記得嗎？那次御山與你一起合力擊潰了狸力，我一直把這狸力爪的項鍊當做自己的護身符，看得比命還重要。因為這是我們之間的回憶，因為這和你有關。我妒忌他有你紋的紋身，我不想和他一樣，我要有一件專屬於我而跟你有關的物件。」

狼女對此只是表現得不屑一顧，屠虎越發生氣，把項鍊脫掉扔在地上。

「你這樣滿意了嗎？我把我的愛丟到地上讓你踩好了吧？」他晦氣的話對她一點用都沒用，她仍木無表情。她要的是他恨自己，不是他耍性子。

只見屠虎忽然從身旁掏出一把劍，狼女以為他總算怒得想殺了自己，誰知他竟把劍一劍刺向自己的心臟。狼女頓時嚇了一大跳，臉刷地如紙慘白。

「狼兒，我把我的心掏出來給你過目，行了吧？」屠虎雙手握著劍身一邊怒目以視著她一邊大喊，隨後他空笑。他也是心亂透了才做出這樣無理的行為。心愛的人忽然對自己冷淡失信，他只能出此下策。這不可理喻的衝動，就是他的愛情。

狼女愣在原地不知如何是好，他從心臟噴出的血不止，瞬間染紅了他的手。她很想去幫他卻不敢過去。冥冥中她認定，這一劍，是他該還的。

「難道這樣還不夠嗎？」屠虎垂下頭，幾近乞求。他從怒到惱再到憂，像一頭遍體鱗傷的虎，掙扎著問她。她若再不信自己，他已再無計可施。

正好外頭有人聽到屠虎的聲音衝進來查看，見掌門血流遍地，嚇得立刻去扶他。屠虎賭氣甩開對方的手，狼女卻似是下了決心不去碰他，轉身就衝了出門，屠虎見她看到自己這樣受傷居然不來關心還打算逃走，就下令手下盯住她不許她踏出奇虎門，隨後就因血氣不順急暈了過去。

狼女回到自己房間後心神不定，一方面擔心屠虎情況，一方面又不敢找他。她腦海自然就想起自己還是心月玉時，被白虎星官擊碎的感受，那個白虎星官不知是巧合或註定，跟屠虎長得一模一樣。她覺得全身特別是頭和胸口都感酸痛，躺在床上到傍晚才起身。

起身後她依然覺得不適，可不論前世之事何去何從，他如今為自己傷心，她都該去看看他。

她徐徐走向他的房間，手下阿縪見夫人來了，馬上通知屠虎。

「誰？」屠虎也是剛剛蘇醒，傷口雖已包紮但依然滲著血。他扶著床沿，滿腦子都是暈倒前她不顧自己生死離開的畫面。

「是狼夫人。」阿縪回道。

她終於來看自己了，他卻不知該喜該悲。說不生她氣是假的，可自己也真是為了她什麼都可以不要。他也不知道自己在她心中算什麼，連自己挖心以待都得不到她一絲眷戀。對他來說，重要的只有今生今世的情，他前生做了什麼，他一概不知，亦不覺相關。她那絕情轉身，比自刺的一劍更傷心。

「叫她進來吧。」但他還是想見她。

阿縪替狼女開門，狼女看見在床上的屠虎傷口還滲著血，臉色略青白，就湧起遲來的愧疚。

「我現在這樣你到底滿意了嗎？」他泄露委屈不滿。

狼女還是不敢走近他。

「你是來同情我還是來看我死了嗎？我死了你就可以去找他了對吧？」屠虎已經不知道怎麼跟她溝通，只能不停問問題。

狼女呶呶嘴，她懂屠虎有他的脾氣，無助的是她不懂怎麼哄一個男人。或許她早該學會作為一個女人的溫婉，一直以來她都是等別人遷就自己，要不就是硬碰硬。在奇虎門待了短短半個多月，她才像真正走進了人世，了解到做人之間怎樣忍讓互敬且表裏不一。過往蒼龍伴著自己，他亦是一個不入世俗的人，兩人風風火火闖江湖，根本不需看人臉色做事，生氣了，打一場架就好了。這樣的生活危險但簡單，有彼此就什麼都不怕。如今入世開眼界後反而要步步為營，更用心觀察別人的感受，還要分清人的地位階級。見上等人就得拜，遇下等人就得踩，活得一點都不痛快。

屠虎見狼女出了神不理自己，心裏酸楚再逞不住強，而是喚她過來自己身邊。狼女這才突然想起自己是來看他的。她走到他的身邊坐下。

「想什麼想得出了神了？看來也不是掂記著我的傷勢。」他一臉愛惜摸摸她的頭。一個男人跟女人賭氣，無論自己是多要強的人，只要他還愛她，他都得認輸。

「沒什麼，我在想怎麼讓你快點康復。」她總算懂得圓謊。

「你就是最妙的藥。我不過是想讓你做我的女人，想對你好，有那麼難嗎？蒼龍或許把你當是心肝，可我不也可以為得到你的心，連自己的心都不要嗎？」聽到她總算關心自己，不理是真是假，他都心軟滿意了，於是借機再次表白。

狼女只得微微一笑讓他安心，他顯然對自己情深義重，自己再辜負怕也就太無理取鬧。與其繼續惹怒他，倒不如另覓方法死去。

「喝藥了嗎？」她關心。

「喝了，我就想你今晚陪著我。」他見她態度終於漸漸好轉，心裏舒坦不少，傷口都不那麼疼了。

狼女於是躺到他身邊，讓他摟著自己入睡。但二人明白，這次信任的撕裂確實讓彼此生了縫隙。

隨著二人大喜之日越來越近，奇虎門上下都忙碌起來。為怕狼女忽然又想逃，屠虎暗中叫人全天候看著她，她一有異動就通知他。而在泰山裏，無日也在思考著這陣子纏繞他的問題。幫或不幫，他其實未下定案。

終究在大喜之日的兩日前，他決定喚醒蒼龍，放他去找狼女。

「謝謝師父。」蒼龍得悉無日批准他去找狼女後不勝感激，跪在地上答謝無日。在他心中，無日其實不像別人說得這麼無情。

「你趁現在奇虎門的人各有各忙，趕快偷偷帶走她吧。你拳腳功夫還在，只要不招惹到屠虎就沒事。可是，如果她依然不肯，就別逼她了，等你功力重生後再作打算。」無日已想好萬一蒼龍失敗，自己也會趕去救他。

「知道了，師父。此事若成，還望師父答應我，讓我和小狼成親。」

「這事成不成，還要看你造化。」無日不把話說滿，甚或想語帶雙關，只因他心裏已決定了，二十三日前定會讓心宿歸位。所謂「造化」實指能不能讓心宿歸位一事。若蒼龍把她帶回來，他會殺了她。若他追不回狼女，他也會親自去婚宴殺了她。

他之所以對狼女再動殺念，和鎖星來訪一事有關。他不確定這樣做是為了誰，很明顯這事對蒼龍沒有太大好處，有了元珠的力量，他無心也無敵。而到底是為了極夜還是鎖星，他自己也沒有答案。

他有快樂過，只有他自己了解這些快樂。

「記住，千萬別丟了性命。」他對蒼龍說。

蒼龍連夜蒙面趕去奇虎門，在偷聽婢女談話下知道狼女的房間就是奇虎林中的小屋，他馬上過去，潛伏在屋頂。他見屋內燈火通明，翻瓦一瞥，有名婢女正在替狼女梳妝，似是試新婚當天的妝容。他靜待婢女離開後，就跳進屋內站在狼女身後。狼女見鏡中倒影後一驚，蒼龍把遮臉的布脫下，她向後細看，真的是他。因驚訝和錯愕交錯，狼女眼中閃爍著淚光，在燈火映照下更顯楚楚動人。

他等不及她回應，就情不自禁緊抱著她。

「這是最後一次機會，我要帶你走。」他輕聲跟她說。

狼女也想著這或許是最後一次機會了，她已作好最壞打算，今日屠虎若敢殺蒼龍，她也不活了。外頭果然傳出腳步聲，她和屠虎之間的信任早就蕩然無存，他派人監視她，她心裏瞭然。屠虎已做好蒼龍隨時會來的準備。奇虎門上下連婢女都會武功的，方才蒼龍之所以知道自己位置，都是婢女故意泄露的，目的是請君入甕，好等屠虎調派人手圍攻他。

蒼龍聽到外頭有人聚集，也顧不得太多，拖著她的手往外衝。

「我的好師兄，沒想到你這麼著急來參加喜宴。」屠虎身後至少有幾十人拎著火把。

「今日你若想攔我，我就用鮮血作賀禮。」

「我說了想你來道賀，就不會讓你先走一步。白事撞紅事始終不吉利，我不過是想你放開我的娘子，乖乖在寒舍待到大喜當天。」屠虎今日只想活捉他。

「不放你能奈我何？」

「狼兒，我答應過你，只要他不搶走你，我就不傷他。可現在是他要搶走你，我也不得不出手了。」屠虎對狼女說。

蒼龍聽完這番話後只覺狼女心裏還有自己，頓時意志高昂，顧不得自己人丁單薄。

「你有種就別以多欺少，就以我們各自的武器來一場硬仗如何？你贏了，我就甘做階下囚由你處置，我贏了，就讓我帶她走。」蒼龍說。

屠虎心知蒼龍因現在沒有內功才想著用武器跟自己對決，自己既不想此刻拿他性命，加上自尊心作祟，憶起無日常說他的功夫沒有蒼龍出色，就答應和他光明正大鬥一場。反正這裏全是自己人，他想逃也逃不了。

「可以，我敬你曾是我師兄，我們一對一，其他人不得干預。」

蒼龍用馴龍長鞭，屠虎用追命長棍。而狼女趁機躲到蒼龍背後，偷偷把他腰間的刎血匕首拿走藏到自己身上後就隨其他人退開。

兩人凝視著彼此，腦海同時閃過兒時一起訓練的日子。當屠虎開始攻擊，一軟一硬的武器互相對碰招過招，招式繽紛繁多卻有條不紊，似在練功多於對戰。無非是二人過於了解對方的功夫套路，一進一退都算得很準。過往二人練功時，蒼龍都習慣性退讓半分，就是想讓屠虎有滿足感，勤加練兵器，而不是覺得自己技不如他，就只練內功。在二人沒鬧翻時，無日曾想過替他們創造獨門雙兵器合練的招法，本欲取名「龍虎嘯」，結合長棍軟鞭的特點，各施所長，雙雄出招，單憑兵器已能傲視天下。只是招法未想全，屠虎已離開。要是他們能聯手，絕對可在武林中呼風喚雨。

現在他們的對戰於他人眼中就像是一場眼花瞭亂的武術表演，不分高下，各有千秋。只是蒼龍有了非勝不可的鬥志，就不會再退讓他半分，蒼龍趁其不備，一掄鞭，軟鞭如蛇捲在長棍上，他再用力一抽，長棍即脫手而去。屠虎連忙轉身，蒼龍收回軟鞭果然對著手無寸鐵的屠虎抽擊，屠虎左手被抽中，一氣之下不得不出爾反爾出掌傷蒼龍。蒼龍中掌後向後滑了幾步不支跌坐在地。狼女見屠虎居然不遵守約定，而且還欲再出一掌傷蒼龍，就立馬衝出來擋在前並把匕首架在屠虎頸上。

此情此景，猶如回到當時屠虎初見狼女蒼龍聯手逃亡時，她那無懼兇狠的眼神。

「你怎可食言？」她怒睨他，他只能停手。

作為已是半進門的奇虎門女主人，她這樣衝出來幫敵人等同當眾丟屠虎的臉，旁觀者無不目瞪口呆。但她根本就不在乎這些，由始至終，她都只做自己覺得該做的事。

「來人，把蒼龍給我關進地牢！再把狼夫人給我鎖在屋子裏看守著，在後天前，不能出這門半步！」屠虎吆喝。這個女人的心他總算認清了。

狼女被人硬扯著回房間，她看著同時被拖行離去的蒼龍，他也一直凝視著她。從彼此的眼神交會，蒼龍知道她的心其實依然是向著他的，於是就覺得無論受什麼苦也都無怨無悔了。

惱羞成怒的屠虎勒令在場所有人不得把此事外傳。為了發泄這恥辱，他決定走進地牢，以其人之道還治其人之身。他沒收了蒼龍的馴龍鞭並以此抽打雙手被吊著跪在地上的蒼龍，他反覆鞭了他幾十下，望令他皮開肉綻，隨後再用追命棍在他傷口上狠打，望令他筋斷骨碎。特別在看到他背上的紋身時，屠虎的怒火就更不可遏。

「紋身是任你怎麼抽怎麼打都洗不掉的，她的心也是你怎麼搶都搶不走。」蒼龍得意道，他雖受到皮肉煎熬，但他一想到狼女為他出手時就一點都不覺得痛苦。

「你就儘管踐下去，她早已是我的人，兩天後我不過是給她一個正式名份。她跟我乾柴烈火雲雨交歡時你都不知在做什麼春秋大夢呢。她那種放蕩的表情你有見過嗎？」屠虎不服輸回道。

蒼龍但覺屈辱忿恨，當時自己感應到的事都是真實的，腦中閃現出他們親熱的畫面，那些畫面比現在的的皮肉之苦更令他痛不欲生。可一切都因他自己的缺失給不了她安全感，她在別人身上取得溫存快感，這又怪得了誰？

「還有這項鍊是我和她一起做的，別以為只有你有定情的信物。」他一邊擺弄著自己的狸力爪項鍊，一邊嘲笑著說道。

蒼龍認出那是御山惡獸狸力的爪，大感不忿，就朝屠虎的臉吐了口口水。

「你就生你的悶氣，吃你的悶醋吧。今天你以為自己還是贏家，我跟狼兒還有一輩子的時間。在喜宴當天，我會讓你輸得心服口服。」屠虎臨走時擱下此話。

一夜下來，蒼龍左背外傷得特別重，她紋的那隻狼被抽成三半，三條血痕血流如注。若非天生有其餘六顆星宿護體，怕蒼龍已成半死不活的廢人了。不過只要有一絲能搶得回狼女的信念尚存，他就可以熬得過所有困難。

第十一章

在屠虎和狼女成親前夕，一整天都在下雨，婢女趕著拿嫁衣去讓狼女試穿。從她昨晚被軟禁到現在，她都不吃不喝，心裏只想著要見蒼龍一面。她站著等婢女替她更衣，就在婢女轉到她身後時，她一個後肘撞擊婢女的腹部，然後轉身摀住她的嘴打暈她。她把暈去的婢女移到床上，然後讓婢女側身向牆，再把身上的嫁衣套到她身上，自己則只穿著兜子和婢女的笠頭雨衣偷偷溜出去。

她趁天黑一路遮著臉抄小徑到地牢，一見兩名守門小卒就狠狠打暈了他們，出手之快不負當初蒼龍教他的功夫。距離守門交更時間還有一注香左右，她摸進地牢後又和守著蒼龍牢獄的人對打了幾招，最後也是一腿掃他頸，再用掌側打暈她。她摸出鑰匙，脫下雨衣，開牢門找蒼龍。他一下已認出她身手，看見她褪下所有世俗打扮回歸原貌來找自己，心裏難掩激動。她還是那個她。

「小狼。」他欣慰一笑，想念之情溢於言表。

她先衝過去抱著他，然後集中力立刻落在他身上隨處可見的傷口上，有棍傷有鞭傷，想必是屠虎造成。她才意識到自己昨天做的事讓屠虎多麼生氣。她跪在地上摟著他淌淚，只覺難辭其咎。蒼龍卻不以為然，她肯來看自己，他就滿足了。

「對……不……起……」狼女摸著他亦在流淚的臉，嘗試用口形發出這三個字，勉強咿啞的聲，是她想親口向他道歉的誠意。

「不要緊，你知道我最想聽的不是這三個字。」他笑著回她。

狼女在淚眼汪汪中也羞笑了，她當然懂他意思。她先把刎血匕首塞進蒼龍的褲腰裏。

「沒了馴龍鞭，就靠這個防身。到我們自由了，你再把它還給我。」她看著他。

當蒼龍聽到「我們」二字，他無比激動，巴不得掙脫所有枷鎖用一個擁抱回應她。

她再掏出一支刺青針，想把自己無法親口訴說的心意永遠紋在他身上。她繞到他身後，看著他被抽得皮開肉裂的背和花了的紋身，淚水不絕而下。

「別擔心，有你在，我不痛。」蒼龍聽到她的傷心，連忙安慰。

她把墨刺進他的皮肉上，二人雖身在牢裏，但時光猶如倒回到那天兩人坐在床塌上紋身時。這苦痛中回甘甜的感覺隨著經歷了的事越來越深刻。這次她很快就完成了紋身，他不禁好奇問：「小狼這次又紋了什麼啊？」

狼女調皮地賣關子不答，只是微鼓起腮子輕笑繞回他面前，他滿眼寵溺地凝視著她。她輕輕托著他的臉，深深親吻他的嘴。兩人沈醉在吻中，彷彿忘記了時間。

「小狼，你知不知道，你不是無父無母的孤兒，而是天空東方星宿的化身。你是世上唯一能令我感知情感的人。」蒼龍和狼女依然不想分開，便額頭碰著額頭深情地凝視著對方。

他一直怕她不解背後的前因後果，可她一聽到他的話，就落淚點頭說她其實都知道了。

「是你令我變回一個有血有肉的人。我雖不解出生時何以會丟失了你，但就算要我為你放棄所有，什麼亂天之經，什麼重回天界，我都願意放棄。就算是下無間地獄，我也無悔。我只想你待在我身邊，我們一起過最簡單的日子。現在就算你不回到我心上，我也不會再受魔念侵擾。小狼啊，你是最美麗的心宿化身，點亮我這裏從出生以來的黑洞，讓我知道什麼是愛。我該怎麼形容我愛你這回事呢？」他先看了眼自己的左胸膛，再看著她哭得梨花帶雨的臉一臉溺愛道：「你就是我的心。沒有心，人就不能生、不能活，正如我沒了你也會一樣。」

狼女憐惜心疼地摸著他的臉，她不欲告知他當時鎖星失心所做的錯事，這不是他的錯。他無法伸手摸她，只能溫柔地親吻她的手心。狼女正欲開口試著對他說他最想聽到那三個字，當她開始說：「我……」的時候，背後就傳出人聲，看來她偷闖進來看他一事已遭發現。

「狼夫人，若不想驚動掌門，請你立刻跟我們回去。」阿緷對狼女道。

她依依不捨的淚光把未能言表的情話傳遞給他，他讀懂她的意思，甜笑著對她說：「這樣就夠了。」

狼女知道阿緷沒通知屠虎是不想讓屠虎在大婚前夕還要動氣觸發之前的傷，所以才替她隱瞞，為保蒼龍安全，她只好乖乖跟他回去。

到了大婚當天，屠虎一大早就忙著去迎接從四海八荒各地來喝喜酒的賓客。經過上次奇虎門勇破東廠一事，武林中很多人都對屠虎心生崇敬，覺得他後生可畏。而且知道他們現在是西廠的心腹，不少人就算跟奇虎門沒甚交集，都抽空特來道賀，望拉近自己和奇虎門的關係。這次可算是武林近年難得熱鬧盛大的喜宴。要說對上一次，可能要算當年修羅派墨三爺迎娶尋櫻那次，只是再沒有去過現場而還在生能覆述當年盛況的人，在江湖流傳的只是美麗的傳聞。

來賓中當然少不了西廠的人，魔羯率領著石春萬和緹騎一到，所有人都得彎身下跪迎接，彷如是天子出巡的氣勢。

「恭喜屠掌門和狼夫人佳偶天成，祝二位永結同心。」魔羯向屠虎作揖道賀。

「謝謝魔羯大人和石大人大駕光臨，煩請二位與其他大人入內就坐，今日若有招呼不周，還望見諒。」

「你忙你的吧，今天就別客氣了。」

約在中午時份，阿縴見賓客已差不多在舉行拜堂儀式的空地入座完畢，就通知屠虎。屠虎下令把蒼龍手腳鎖上帶出來，坐在賓客席上。蒼龍的出現令不少人瞠目結舌，除了因為他傷痕纍纍頹廢落寞的樣子，也好奇這前陣子在江湖名震一時，《亂天之經》的修練者何以頓成人質。他被安排坐在魔羯對面，雖身體自由受限，但一個眼神就讓吵鬧談論著他的人閉嘴。

而就在大家一時之間不知如何應對殺氣騰騰的蒼龍時，就聽到鑼鼓聲忽響，嗩吶聲隨之劃破長空，大家視線一轉，只見屠虎正牽著狼女緩緩走來。狼女以一抹拖地紅紗蓋頭，頭髮綁成兩條辮子，頭頂上有一朵紅牡丹，雖是其大喜之日，神色卻異常冷峻。她頸上圍著一條紅布，前頭垂著銀飾，紅紗布後頭長及地，是遮掩她傷痕的巧思。而她的嫁衣剪裁亦別樹一幟，上衣是長袖露肩和腰的設計，下身是一條大紅闊腳長褲，腳穿的是繡著奇虎的紅鞋。畢竟親眼見過狼女的人不多，第一眼看到她，但覺歎為觀止。這位新娘子，單從打扮，已是不簡單。女子都求在大喜之日華麗驚艷，艷壓群芳，但她只想穿得簡單舒適。這套嫁衣是在她和屠虎鬧翻後選的，屠虎為求修補關係，也不理她想怎麼穿，只要求她不可把背上的龍紋身露出來。而不論她打扮得如何，總有兩副痴情目光在她身上此生不移。屠虎一身黑紅相錯也展現出霸氣的喜氣，他故意意氣風發地瞅了蒼龍一眼，而狼女則沒有望向蒼龍。

二人一拜完天地後就走去二拜代表著賜婚人汪直的魔羯，最後夫妻交拜即禮成。屠虎以桃枝揭開狼女頭上的紅紗，就當著眾人眼前迫不及待親吻她。目睹一切的蒼龍醋意大發，巴不得撕爛手腳上的鐵鎖衝上去，體內血氣不順，險些又吐出血。不過他不想表現出自己輸了，於是費力嚥了下去。然而此時，他聽到師父無日的聲音。

「我說你我好歹曾經師徒一場，你這臭小子成親居然不等我？」

無日多年未在公開場合露面，這次如此突然地出現，很多來賓都不知他是誰。不過有些舊時曾經遇過他的老前輩都能一眼認出他。而且還不禁驚歎他的容貌居然這麼多年了依然保養得宜，還是那樣年輕且俊美。只是應該沒有人知曉他竟收過兩個弟子，其中一人還是屠虎。

屠虎就料到無日會為了蒼龍而來，他實是想引蛇出洞，把真正有價值的人引出來。他見無日手中有一木箱子，就好奇對方打算怎樣救走蒼龍。

「呀，是我的好師父無日啊。人說一日為師，終身為父，我這無父無母的孩子，本該請您來做主婚人。奈何，我們師徒情份早已決裂，您又深居簡出，我怎好意思勞煩您呢？」不知他們恩怨的人多的是，屠虎實在不想解釋太多，反搶去焦點。

「哼，你是不想請我來的話，又為何要把蒼龍扣押起來？請了師兄不請師父，這是什麼道理？」無日就跟他演到底。

「是我考慮不周，師父息怒吧。您既然來了，就請就坐吧。我陪你不醉不歸。」

「不必了，在座的人都聽得出你不歡迎我，只是啊，哪怕你這臭小子忘本，我這當師父的可沒忘了你。今日是你大喜之日，我自然得送上一份大賀禮。」無日舉起手中箱子。

「師父有心了，不知是什麼賀禮？」屠虎看了魔羯一眼，佯作有禮地問。

「這段時間朝廷不是一直在追查那《亂天之經》的去向，想把它燒毀嗎？你可是其中一位在為西廠汪大人效力，且居功至上的人啊。這裏應該有不少前輩有所耳聞，當年我和同門極夜偷了《亂天之經》，上半部由我保存。既然我曾教過一個這麼優秀的徒兒，我這老人身上也沒什麼值錢的，我就把上半部《亂天之經》完整送給你，這又能讓你領功，也好讓當今聖上少後顧之憂。這份賀禮夠大了嗎？」無日說道。

賓客一聽箱子裏是《亂天之經》上半部，都忍不住在起哄。魔羯也把目光集中在箱子上，屠虎早前跟他稟報，蒼龍身上內功已廢，世上目前已沒有可以練成上半部的人。現在只要把上半部搶到手毀掉，防止有人練功，那麼西廠就可說是完美完成了皇上交託的任務。

「師父一直視武林秘籍如珍寶，為何突然變得如此慷慨？」他刻意讓他說出心中所求。

「我當然是有些條件的，就是你得放了你的師兄蒼龍。」

「師父此話說得我像在欺負師兄一樣，我鎖住他，是怕他會突然發狂傷害我或是我內人。到時我人生喜事蒙羞了，這責任誰來負？不過若是有您看管著，我有何理由不放？他可是我曾經的好師兄，他對我無情，我不能對他無義。當然，前提是你手上真有《亂天之經》。」

無日聽罷後就打開了箱子，讓屠虎一探究竟，裏面果真有幾本經書。

「我們怎麼知道你會不會拿假經書來騙人？」魔羯坐不住起身問。

「你這問題問得好，可休怪我不提醒你們，如今世上見過《亂天之經》上半部的人，還真的只有我一個。我要是有心行騙，你們也查不出真假。我現在還客客氣氣跟你們說著話，你們該感激了，還想質疑我？快找人把蒼龍手腳的鎖扣解開，箱子裏的書自然雙手送上。」無日仇視著無禮的魔羯。

「好，來人，解開蒼龍身上的鎖。」屠虎和魔羯交換了眼色後下令。

無日看著屠虎手下解開了蒼龍身上的鎖後，就叫他過來自己身邊，然後把箱子一掌推到屠虎面前。屠虎出掌接住箱子後把他踩在腳下。蒼龍眼神暗示給無日聽自己不會就此離開，無日對他點頭，隨即再補一掌攻擊屠虎。屠虎一腳踢散掌力，喜宴現場馬上混亂起來。

「得了便宜就想反口？我告訴你們，今日你們兩個誰都不會活著離得開這裏。」屠虎就知道無日老謀深算，早就叫人在四周埋伏，他們能進不能出。他的怒吼只是在演戲。

魔羯見狀也起身協助屠虎，馬上命人守護著那木箱子。四人混戰期間，有一直伺機而動的人接近想拿走上半部《亂天之經》，奇虎門和西廠的人立刻動手阻止。一時之間，大家要不就在打架，要不就躲在一角看熱鬧。

狼女怕無日和蒼龍合力也不夠應對屠虎和魔羯，打算偷偷找機會幫忙。屠虎猛咬著蒼龍不放，蒼龍不敢硬碰，只好拼命閃躲，同時又要防著魔羯偷襲。無日被魔羯苦纏著，但也密切注視著屠虎的舉動。蒼龍被屠虎逼退到一處死角，就在此時，屠虎瞄準時機醞釀出掌打算一擊了其性命，無日見狀準備出掌替蒼龍阻擋，而狼女亦在這一刻注意到蒼龍有危險，於是本能地衝前擋在了蒼龍面前，出掌的二人來不及應變，都同時把掌力打在了她身上。狼女被掌力衝擊得直墜在地上吐了一大口血，意識瞬間模糊，蒼龍立刻衝前摟著她。

「小狼！」、「狼兒！」龍虎同聲叫喚著她。

屠虎忽覺眼前一幕似曾相識，只是他擊中的不是一個人，而是一塊玉。霎時之間，他腦海一片混沌，前世的碎片揚起灰塵土在漫天飛揚。斷續接駁的回憶令他的理智漸漸失去方寸。

「你放開她，她是我的女人。」屠虎向著蒼龍大叫。

「小狼！」蒼龍聽不到屠虎的話，只是不停叫喚著眼睛發餳的狼女。

狼女想撐開眼睛看清他，卻十分吃力，她此時唯一想做的就是把手拼命伸到他背後，摸著她為他新紋上去的月圓。那月圓紋的位置在狼頭的上方，也就是他心臟本該在的位置的中心。她愛他。她希望這象徵著守護他心臟的月圓能一直在自己消失後陪著他，也用此呼應他在自己身上紋的月圓。那份愛，無論陰晴圓缺，如同月亮萬世不變。

「小狼，我知道了。但求求你，求求你別死。」他把她抱緊在懷裏，哭得不可開交。

狼女覺得能回他心裏便是無憾，心裏的情意也已說清，反而找到這段時間難得的平靜。雖對塵世有些許不捨，但她仍選擇放開了手。只有這樣做，蒼龍才真正的完整。隨著她呼吸聲戛然而止，她的最後一滴淚亦脫眶而出。她的身體逐漸變得透明，隨後變成一顆星光，進入蒼龍心房。蒼龍終於聽得見自己的心跳聲，感受到心在跳動的感覺，但他再看不見他心愛的人。

「狼兒！」屠虎無法接受狼女突然就在眼前消失，理智完全脫軌，加上像寒風刺骨的記憶忽然襲擊，他瞬間大失方寸。他似是清楚明白自己又重覆犯錯，可實際上出了什麼錯，他無法直視。

「你不過得到了她的人，卻從沒得到她的心。」蒼龍跪在地上低語。

「你在胡說什麼？」屠虎咆哮。

「小狼就是我的心，她愛的是我。而你，你不過是再次擊毀我心宿的人渣！」蒼龍抹走臉上的淚站起身怒沖沖反擊。

沒人想得到的是原來在心宿歸位後，七星宿結合元珠的能量，能讓蒼龍馬上恢復了一半內力。蒼龍不再懼怕屠虎，況且狼女已死，他也不妨和屠虎決一死戰。生死對二人而言，皆已沒什麼大不了。

「屠虎，你不是想和我決一高下嗎？來啊！」蒼龍拿出刎血匕首，向前方一劃，便令屠虎的衣服劃出一道縫。他知道蒼龍的內功回來了，自己不會是他的對手。

屠虎腦海不停把方才自己打中狼女和作為星宮時擊落心月玉的畫面交錯，他眼神變得迷離可怕。賓客們覺得勢色不對，大多都落荒逃走。魔羯也不敢靠近屠虎，只想去取走箱子。屠虎眼神一轉，右手一抬吸來自己的追命棍，隨之一揮棍打落了拜堂枱上的紅燭，再一下挑開箱子，燭火落在秘籍上，鬼推磨般就燒起一場大火，而那火光竟是紫紅色的。

這舉動嚇壞了還在場的寥寥幾人，包括隱藏在賓客內的周力，眼看秘籍化為灰燼，心情躁鬱憤慨。

「你現在可以回去領命了吧？」屠虎直直地看著魔羯，魔羯見他眼神粗暴怨恨，而現在秘籍又已成灰，直覺待在這裏一定不會有好下場，就識相地聯同石春萬等人撤退。

此時周力忍無可忍衝上前想撲熄火勢，被無日一眼看見，就使輕功躍到他眼前，揪住他衣領。

「就是你指使苗族巫師九泉對鎖星施迷心術，致使他們家破人亡。蒼龍孤苦無依，極夜和鎖星的命都該由你來賠。」無日怒言。

「什麼賠不賠的，此事你若要算，最大的主謀早已逍遙一生，安詳離世。老天根本就不公平，我這條殘命不過多活幾年，就得拿來當靶子頂罪。人啊，都不過是自以為是的傻瓜。」

「我不擔心別人，反正他們到地府還是得受審判。別以為做了孽不用還，現在我就送你下去陪他們看看，地獄之火是什麼樣子的。」說罷就推周力入那箱地獄之火中。或者因燒的是一本曠世奇書，一點燭火惹起的是一大團紫光，而且火勢還連綿不斷，越燒越旺，加上剛扔了一惡人入內，火勢更為猖獗。

無日回頭一望，場上只餘蒼龍和屠虎在對峙，奇虎門的人都在他們附近圍成一圈，不敢輕舉妄動。

「屠虎，我自問對你沒拖沒欠，是你橫刀奪愛，才迫我要對你短兵相接。如今你把小狼殺了，我無法再原諒你。」

屠虎此刻已萬念俱灰，無心戀戰。他最愛的女人死了，悲痛欲絕得他連緊握不放的恨都不想要了。本打算今日一石二鳥，既可抱得美人歸又可除掉蒼龍，但現在兩樣都做不到了。這就是對執迷不悟的他最大的懲罰。

「我不還手了。你想殺我就殺吧。是我把狼兒殺了，我該死。」屠虎忽然平靜念道。

他的手下聽到他這樣說都驚慌不已，屠虎從來要強，怎麼會忽然認輸？

「蒼龍，為什麼我一世都離不開你？自你把我帶回御山，我就以你為榜樣，我敬慕你，但我從不認為你在意過我。在那天屠宰白虎飲盡其血後，我立心要離開你和師父，找回自己的價值。我決定以恨為我的價值，一個人生命裏不能沒有恨，沒有了恨，生命就沒有重量，而愛也會失去它值得傳頌的地方。一直到遇見狼兒，我以為自己總算找到自己恨以外的價值。我原來也能愛人。我愛她，你知不知道，為了她我連心都可以掏出來。可她卻卻愛著你。我恨你，恨透你。最可笑的是她竟然是你的心，呵呵呵……原來到頭來，我拼了命想得到的，去深愛的，居然是你的心！」屠虎的手緊緊握住追命棍，他凝視著蒼龍，雖然在自嘲著，但他的眼神裏全是心的碎片。他說的句句都是實話，聽起來反像是瘋言瘋語。

無日和蒼龍聽到他所言，也皺眉不語，想到天外說過有關白虎的判決。他們不知他是因覺醒了才這樣說，還是更沈迷了才這樣說。但蒼龍確實下不了手，若他現在動手殺了屠虎，那屠虎豈不應了那劫？

「我這個人，現在愛和恨都沒了，只能輕飄飄地笑著，空蕩蕩地活著。老天啊，你真是對我一如既往的狠啊。」

而毋需蒼龍動手，屠虎突然耍棍捲起身旁的塵土，在他自己響遍雲霄的譏笑聲中，化作一團虎狀行雲，往西邊奔去。他留下的只有一抹塵煙和他的追命棍。奇虎門的人不知如何是好，只得拾起追命棍往西邊追去。

蒼龍一下子茫然不已，他和她都不在了。而屠虎最後的一席話在他耳邊一直縈繞著。

「至少在最後，他選對了方向。」無日見蒼龍神不守舍，上前拍拍他肩。

蒼龍看著無日，卻看見師父眼中從沒有過的一絲心虛。

「你要記住，狼女沒死，她只是回到原來的位置，和你永遠再不分離。」無日再安慰著蒼龍。

蒼龍靜聽著自己的心跳，眼中再次滑出淚水。現在他也只能嘗試說服自己，她還在，只是她換了一個方式陪著自己。

奇虎門一時之間只餘他們二人對視著，還有無日身後依然猛烈的熊熊火焰，這無情火隨後燒了七天七夜才滅。

「師父，你真的把《亂天之經》拿來了？」蒼龍問。

「對，那本所謂能亂天的東西，說真的，已經沒價值了。沒能讓天上起亂，人間倒是大亂了一場。」無日回道。

「我這輩子若想回天界，怕是不可能了吧。」蒼龍苦笑。

「這算是命數吧，天地人皆不可抗的，是不屬三界六道所控的命數。」無日望向天嘆道。天上無日，灰雲萬里，但他似是能看穿雲層，那裏有一顆星亮了。

在見證著《亂天之經》的烈火燒完後，無日決定告訴蒼龍有關鎖星的部份事蹟，以讓他了解自己生母和父親極夜的情深，以及為何心宿未能及時下凡的原因。蒼龍聽後有所感悟，心中一角有關父母往事的缺失也得以彌補。無日也提道鎖星曾在他昏迷時偷偷來看過他，並流了一晚的淚。蒼龍對於鎖星的印象，也由虛無變為有形。在他心中，她是一個痴情人可憐人。

「現在，我們去苗疆一趟，把那已七十多歲的巫師九泉除去吧，那你父母之仇就算報了。」九泉道行高深，早已算到自己將逢死劫，竟先行了斷自己性命，這反讓這個其心不正的人落得個舒服的下場。人生有時就是這樣，你覺得該受懲罰的人安然一生，不該受罪的人卻苦難不斷。無日和蒼龍知悉他已自盡後，雖心有不甘，但執著也無用，倒覺這世間已無事情值得掛在心頭，就決定回到御山，從此隱世不再過聞天下事。

「師父，你不想再去找其他秘籍嗎？」

「不了，為我師父的願望活了這麼多年，突然想有自己的願望，為自己而活了。」

「師父的願望是什麼？」

「我是個孤寂的人，只要餘生隻身一人逍遙紅塵，無所牽掛，就開心了。」

蒼龍看著無日的眼睛，是多麼一塵不染，只有真正無心無礙的人，眼神才能如此清澈吧。

「那你有什麼想做的嗎？我不會阻止你繼續闖江湖。」無日問他。

「我有心，就夠了。」蒼龍摸了摸自己的心。

歸隱後某天，無日作了一個似夢非夢，他在天神河邊散著步，河上有對鴛鴦在戲水。此時有個人走過來問他：「先生，想不想成仙？」

無日記不清對方的樣子，只記得自己在思量一會兒後，回他：「不了。」

他睜眼後，見山仍是山，見水仍是水。山高水清一目了，既無鴛鴦亦無仙。

（全文完）

後記

（一）寫於二〇一七年三月十二日（狼女－蒼龍的心）

《狼女》整個故事大綱本來已基本完成，而且我有預感這會是我最愛的作品之一，然而有一次我上網時無意之中查看了古代二十八星宿的名字（因為覺得它們很有型）時，就馬上對當中的一顆星「心月狐」一見鍾情。就是莫名對這名字特別有感覺特別鍾愛，或許因為和「月」有關，同時又覺得「心月狐」這個名字很美。當下就有把它放在小說中的決心。

本來是想加進《黑狐》（註：《古・惑》系列的另一篇小說）的故事中，但再查下去，發現它原來有個星官是解「蒼龍的心」，而且還是天蠍座（本人就是一隻天蠍）。我這才想起蒼龍這帥氣的主角名字本來就是東方星宿名，而我替他生母取名叫鎖星，父親叫極夜，整個故事早已落下了和星宿有關的線索，等我再摸索。我當下就湧出萬種靈感，心想定要把這元素加進《狼女》去。試問若女主角（狼女）正是男主角（蒼龍）的心，這種愛不是會去到一種我未曾想到過的層次嗎？這設定很值得寫，我告訴自己。

我一直愛寫那種至死不渝的愛情，「沒你我活不下去」這句話，用千百種方式體現印證都不會厭。但人的一世，從生下來心開始跳第一下，愛人時的悲喜交集，到死時心不再跳，一切都是由心而生而滅。可以形容為人一世都在和自己的心談戀愛，由生到死，連終身伴侶都陪不了自己這麼久。正是如此，有什麼比用「人」和「心」的戀愛更能體會「沒你我活不下去」這句話？故事當中蒼龍和狼女固然是這樣深的感情，然而屠虎對狼女的感情也饒有深意。那種以心換心，前世今生贖罪還債的宿命感，也是故事的中心。我相信萬物萬世皆有因果，今世解釋不清的情感歸宿，或許是前世的牽絆。

《狼女》這個故事的設定可算達到我自己想像中前所未有的愛情境界，所以令我很期待。本來還在想如何讓蒼龍對狼女的手下留情來得不突兀，不流於一眼鍾情等的套路，現在有了這個星宿神話的前設，一切前因後果（如狼女為何無父無母等）都頃刻理順了。我真的很快樂，有時故事的生命就因作者一點隨意奇想變得更精彩。這是身為作者無可取代的滿足。

（二）寫於二〇一七年七月十三日（無日觀星）

現在正如火如荼地寫着《狼女》的結尾幾章，忽然有所感悟。《狼女》可謂我大綱完成得最少的一個故事，除了主角的感情線，很多前因後果都未想透，許多經過細節都留着白，只想了最終的結果。我一邊寫一邊都擔心故事會不會太單薄太不合理，誰知正因沒想太多，反倒充滿驚喜。個人覺得，這應該是《古・惑》系列中暫時編扣得最出彩的一篇故事，出彩在於它拓寬了我的想像闊度。

原以星宿神話貫穿的故事隨着筆動越漸豐富，坦白說本來是想把故事中不能以常理解釋的事推借神話來給個說法。而實情是我漸漸在建構自己的一個世界觀。或許是想借由《古・惑》的故事體現滲入一些個人的信仰。最明顯如正邪無界，神人無別等，都是在我想情節對白時不經意呈現出的主題思想。寫到此時，我想對鎖星這人物作點分析。

其實我本來沒打算為無日、極夜和鎖星這一輩人物加入什麼星宿或前世的瓜葛。但故事一直發展，就有了空間去創造他們的過往。我就像受到他們的拜託一樣，把他們的前世娓娓道出，假作真時真亦假，無為有處有還無。原本怕不夠寫，後來就寫多了。什麼叫角色帶着作者走，《狼女》就是令我感覺最深的故事。就如鎖星，我原本只是設定她為一個美人殺手去勾引極夜，最後愛上他。但之後她成為故事的一個核心，牽扯着所有因果，點出故事主旨。在一些我不知該如何處理的情節上，她都起了至關重要的角色，恰如點醒狼女心中所愛，還有不知算不算挑逗無日的情節。她作為天神，我本只想她稍為通情達理的形象，在故事中做個配角，後來她牽引着我把她寫成一個「不惜壞天條的神仙敗類」，其實就是個如人痴情的神。

我之所以有這個感覺，源於寫完她來探望蒼龍時和無日的對話。原本我只想到她會來說服無日放走蒼龍，可怎麼說服，我未寫前其實想不通。按他們的關係，無日體諒她已艱難，更別說要聽她勸。筆鋒一轉，我決定給個苦衷鎖星，把她寫得有點自私又有點可憐，而非在做錯事後依然一副正義凜然善解人意想左右大局的神仙模樣。她既深愛過極夜，為他的事不理智，比較情有可原。她說的話句句顯示出她的自知之明，她不求有誰同情她，但她只想為自己愛的人盡一切所能。

而無日在見完她之後耐人尋味的態度轉變，則是我的刻意。他一生未行差踏錯，但他最後走了大膽一步，就直接把男女主角的命運推向終章，這一步行得對或不對，也是讓你們去決定吧。但我可以說，這不像他會下的決定。

無日和極夜之間的情感為何，我不定義，但它顯而易見。至於無日和鎖星之間有沒有感情，我則不多着墨，希望讓讀者自己想像。一開始御山夜色看見鎖星發亮時裂成兩半，淨白為靜，靜為何物，靜等同無？還有他最後的夢有什麼含義。我覺得最好是只寫線索而不作定論，讓故事餘韻長一點。

（三）二〇二二年九月（有關《古・惑》系列）

轉眼間從創作《狼女》到如今能出版，隔了四年多時間。（一）和（二）都是當時創作時隨筆記下的一些感受，沒想到真的有機會能在此跟讀者分享。《古・惑之狼女》能有幸出版是一個很好的契機，讓讀者認識到我的《古・惑》系列。我想你們可能好奇為何本書不直接叫《狼女》。《古・惑》是我想完成的一部以古代作背景，「情」為中心主題的中篇小說系列，合共有十個故事，分五部。現在我已經寫完了七個故事，希望它們很快都能跟大家相遇。

目前《古・惑》系列只出版了《古・惑I》（大家有興趣歡迎讀讀），《狼女》本來是想放在《古・惑III》的故事，並和另外三個尚未公諸於世故事有所呼應，例如（一）提到的《黑狐》。另外不知道你們記不記得《狼女》終章裏提到有關墨和尋櫻的大婚，其實也是另一個故事的相關人物。如果《狼女》反響不錯，我真的想把另外三個故事都趕快放出來，讓《古・惑》中以明朝作背景的四個故事能完整地呈現給讀者看，也讓讀者更了解我的寫作思想。所以靠你們多多支持了！

當然《古・惑》其餘的故事也是我的心血，喜歡《狼女》故事風格的人，相信亦會喜歡《古・惑》系列的其他故事。希望能借此機會與更多喜歡武俠奇情小說的人交流。

（四）二〇二一年九月（有關月輪）

以「月輪」這個筆名開始寫作已經快十年了，寫過的作品累積逾百萬字。比起寫一些大眾化的情愛作品，我更想堅持寫自己愛寫的主題。也因此，能做到有作品實體出版已算無憾圓夢。未來當然盼能繼續創作繼續出版。若能賺得幾個忠實讀者，絕對是錦上添花。

全職創作是我的夢想，但身在香港，我亦知是天方夜譚。可寫作已是我生命中不可或缺的一部份，所以只要一息尚存，我也不會放棄。感恩有台灣這片土地令我的作品可以出版成書。看見作品漸漸成形，一點點變好看，真的有種懷胎十月孕育生命的成就感。

除了小說，我閒時在社交平台還會分享散文乃至歌曲創作（哈哈我是會為自己的小說寫歌的人哦，不過請先見笑，水準不專業），歡迎大家追蹤哦。為《狼女》寫的歌曲遲點有機會會在社交平台分享。花時間做這麼多事，不為爭名逐利，而是希望在被生活壓得透不過氣時，抬頭依然能看見自己創作的一片明月青天。現實再苦也都值得了。

最後以作者這個身份，容我衷心感謝金車奇幻小說獎和協助出版的秀威資訊及責任編輯齊安，又替我圓了一次夢。當然要感謝家人對我的放任，尤其想念已成為天上星星的父親。還要謝謝一直支持我寫作及包容我的好友們，特別是替我投稿和提供本書封面設計靈感的良友。最重要的是謝謝讀到這裏的你們。

這幾年日子過得太奇幻，我會珍惜當下一直一直寫下去。願我的文字如月輪一樣陪你們渡過悲歡離合，歷盡天上人間。

釀奇幻62　PG2602

古・惑之狼女

作　　者　月　輪
責任編輯　喬齊安
圖文排版　陳彥妏
封面設計　王嵩賀

出版策劃　釀出版
製作發行　秀威資訊科技股份有限公司
114 台北市內湖區瑞光路76巷65號1樓
電話：+886-2-2796-3638　傳真：+886-2-2796-1377
服務信箱：service@showwe.com.tw
http://www.showwe.com.tw
郵政劃撥　19563868　戶名：秀威資訊科技股份有限公司
展售門市　國家書店【松江門市】
104 台北市中山區松江路209號1樓
電話：+886-2-2518-0207　傳真：+886-2-2518-0778
網路訂購　秀威網路書店：https://store.showwe.tw
國家網路書店：https://www.govbooks.com.tw
法律顧問　毛國樑　律師
總 經 銷　聯合發行股份有限公司
231新北市新店區寶橋路235巷6弄6號4F
電話：+886-2-2917-8022　傳真：+886-2-2915-6275

出版日期　2021年10月　BOD一版
定　　價　260元

版權所有・翻印必究（本書如有缺頁、破損或裝訂錯誤，請寄回更換）
Copyright © 2021 by Showwe Information Co., Ltd.
All Rights Reserved

讀者回函卡

Printed in Taiwan

國家圖書館出版品預行編目

古.惑之狼女/月輪著. -- 一版. -- 臺北市 : 釀
出版, 2021.10
面； 公分. -- (釀奇幻 ; 62)
BOD版
ISBN 978-986-445-518-8(平裝)

857.7 110013795